Contemporánea

Miguel de Unamuno (Bilbao, 1864 – Salamanca, 1936) fue un escritor, poeta, filósofo y uno de los principales exponentes de la generación del 98. Estudió Filosofía y Letras en la Universidad de Madrid y se doctoró con la tesis *Crítica del problema sobre el origen y prehistoria de la raza vasca*. Poco después accedió a la cátedra de Lengua y Literatura Griega en la Universidad de Salamanca, en la que desde 1901 fue rector y catedrático de Historia de la Lengua Castellana. Inicialmente sus preocupaciones intelectuales se centraron en la ética y los móviles de su fe. Desde el principio trató de articular su pensamiento sobre la base de la dialéctica hegeliana, y más tarde acabó buscando en las dispares intuiciones filosóficas de Herbert Spencer, Søren Kierkegaard, William James y Henri Bergson, entre otros, vías de salida a su crisis religiosa. Sin embargo, sus propias contradicciones personales y las paradojas que afloraban en su pensamiento le llevaron a recurrir a la literatura como alternativa. Entre su obra destaca *Vida de don Quijote y Sancho* (1905), *Del sentimiento trágico de la vida en los hombres y en los pueblos* (1913), *Niebla* (1914), *Abel Sánchez* (1917), *La tía Tula* (1921) y *San Manuel Bueno, mártir* (1933). Considerado el escritor más culto de su generación, y calificado por Antonio Machado de «donquijotesco» a raíz de la estrecha relación entre su vida y obra, Miguel de Unamuno fue, sobre todo, un intelectual inconformista que hizo de la polémica una forma de búsqueda.

Vicente de Santiago Mulas (Madrid, 1964), doctor en Filología Hispánica por la Universidad Complutense de Madrid, es catedrático de Lengua Castellana y Literatura en el IES Madrid Sur, en Vallecas. Su libro *La novela criminal española entre 1939 y 1975* (Libris, 1997) supone, en palabras de su prologuista, Manuel Vázquez Montalbán, un «formidable trabajo a la vez patrimonial y de base» sobre la narrativa negra y policiaca. Con su edición de *La mujer del porvenir* (Castalia – Instituto de la Mujer, 1993), un texto fundamental que no se había publicado desde 1934, se inició la recuperación de la obra y la figura de Concepción Arenal, pionera en la reivindicación de los derechos de la mujer en nuestro país.

Miguel de Unamuno

San Manuel Bueno, mártir

Material didáctico de
Vicente de Santiago Mulas

DEBOLS!LLO

Papel certificado por el Forest Stewardship Council®

Primera edición: mayo de 2022

Printed in Spain — Impreso en España

ISBN: 978-84-663-6025-8
Depósito legal: B-5.317-2022

Compuesto en M. I. Maquetación, S. L.

Impreso en Liberdúplex
Sant Llorenç d'Hortons (Barcelona)

P 3 6 0 2 5 A

Índice

Propósito de esta edición 11

Introducción 15

San Manuel Bueno, mártir 51

Guía didáctica 115

Apéndice. Prólogo de Unamuno a
San Manuel Bueno, mártir 133

Para mis padres, naturalmente. Por desgracia, mi padre hace tiempo que no está con nosotros. Mi madre es el mejor regalo de la vida. Sin ellos nada hubiera sido.

El carácter escolar de esta edición hace justo recordar a profesores de Literatura como Víctor Pérez, Antonio Sánchez y Paloma Pardo, que lo fueron míos en el colegio Nuestra Señora de Loreto y a todos los demás que allí tuve y tanto me enseñaron; sin ellos quizá mi vida hubiera ido por otros derroteros. O a profesores de la Universidad Complutense como Elena Catena y Gloria Rokisky, a las que siempre guardaré agradecimiento eterno; sin ellas tampoco hubieran sido posibles mis logros académicos y profesionales más importantes.

Y es justo recordar también a cuantos han sido mis alumnos desde hace más de treinta años; sin ellos no hubiera sido tan feliz cada uno de los miles de días que he pasado en las aulas de secundaria. Especialmente a los que lo fueron en 2.º de bachillerato en el curso

2010-2011 en el IES Madrid Sur, con los que tanto compartí durante ese año y los cuatro anteriores y para los que preparé materiales sobre San Manuel *que han sido embrión de esta edición.*

VICENTE DE SANTIAGO MULAS

Propósito de esta edición

Son innumerables los estudios dedicados a la figura de Miguel de Unamuno, uno de los más importantes intelectuales españoles del siglo XX, y abundantes las ediciones y guías de lectura de *San Manuel Bueno, mártir*, una de sus obras más destacadas. Cuando se redacta esta edición, las autoridades educativas se encuentran desarrollando el nuevo currículo que renovará el sistema educativo español e introducirá un claro enfoque competencial. Nos parece oportuno, pues, que esta guía tenga también un planteamiento que permita a nuestros alumnos de secundaria (ESO y Bachillerato) adquirir y cimentar las competencias clave marcadas por la Unión Europea y recogidas en nuestra legislación educativa; al mismo tiempo, ofrecemos un carácter interdisciplinar orientado a relacionar los conocimientos de la materia de Lengua y Literatura con los de las otras materias curriculares.

Así, esta edición, pensada para presentar a Unamuno y su *San Manuel* al estudiante de secundaria, tras situar al autor y su obra en su contexto histórico y literario, le ofrece una guía que se articula en tres momentos de acercamiento a la obra: antes, durante y después de la lectura. Para cada uno de ellos se ofrecen posibles actividades que, destinadas a la comprensión del texto y de sus valores literarios, desarrollen distintas competencias, relacionen la lectura con otras materias y fomenten la creatividad y el gusto por leer del alumnado. Corresponderá a los docentes seleccionar, de entre las actividades que proponemos, aquellas que resulten más relevantes para su grupo de alumnos.

Al ser *San Manuel Bueno, mártir* una novela que requerirá una lectura atenta, hemos considerado oportuno acompañar el texto de una doble notación a pie de página: las notas ordenadas alfabéticamente ayudan en la comprensión del relato; las numeradas aclaran las referencias y el vocabulario.

Pretendemos facilitar el trabajo de los profesores que propongan a sus estudiantes la lectura de *San Manuel Bueno, mártir* con una guía asequible al lector adolescente centrada en un primer conocimiento del autor y su novela. No obstante su carácter escolar, la introducción y notas de esta edición resultarán también de utilidad para el lector adulto interesado en conocer mejor la obra.

Para el texto, seguimos la edición de Ignacio Echevarría incluida en *Novelas poco ejemplares*, Barcelona, Debolsillo, 2019, basada a su vez en el texto fijado por Ricardo Senabre en sus *Obras completas* de Unamuno, Madrid, Turner, 1995.

San Manuel Bueno, mártir se publicó por primera vez en 1931. Con todo, se tiene por edición definitiva la de 1933, cuando Unamuno decidió publicar la novela en un volumen con otras tres narraciones breves, acompañadas de un prólogo extenso que hablaba de cada una de ellas. Para quienes deseen ahondar en el tema, incluimos el fragmento pertinente de dicho prólogo a manera de apéndice.

Introducción

El cambio de siglo y la crisis universal de valores

Las últimas décadas del siglo XIX fueron de gran desarrollo técnico y científico, lo cual tuvo su reflejo en las comunicaciones, los transportes y, naturalmente, la economía. Este desarrollo estuvo acompañado de paz internacional y estabilidad sociopolítica en Europa, con hegemonía de la burguesía industrial y financiera, y conquistas de la clase obrera, que había alcanzado los derechos de voto y asociación. En aquel momento, la población europea constituía una tercera parte de la mundial; tuvo lugar una importante caída de las tasas de mortalidad y de natalidad, un importante movimiento migratorio hacia Estados Unidos y un rápido crecimiento de las ciudades. El imperialismo europeo —Inglaterra, Francia, Alemania— se extendía por el mundo, al tiempo que la economía se internacionalizaba: los europeos se apropiaban de la actividad productiva de territorios menos desarrollados, adquiriendo así el dominio de las materias primas y ampliando los mercados.

Sin embargo, al mismo tiempo que se vivía en Europa ese momento de estabilidad, la seguridad que el racionalismo y el método experimental habían aportado al progreso científico y tecnológico y a la sociedad comenzaba a tambalearse, pues las nuevas teorías de la física advertían de que la naturaleza no era tan fácil de dominar como se había creído. Además, las nuevas corrientes filosóficas, el vitalismo y el existencialismo, subrayaban la orfandad del ser humano —«Dios ha muerto», afirma Nietzsche en *La gaya ciencia* (1882)— y su incapacidad para comprender su propia existencia. El siglo XX se inicia inmerso en una crisis universal de valores —la razón y el progreso ya no aseguran la felicidad— que afectará también al arte, cuya misión será aportar la belleza de la que carece la vida.

La ciencia sufrió en estos años una revolución causada por la teoría cuántica de Planck (1900), la teoría de la relatividad de Einstein (1905), los modelos atómicos de Rutherford (1911) y Bohr (1913), y el posterior principio de incertidumbre de Heisenberg (1927). La física moderna, nacida con Newton, basada en los conceptos de espacio, tiempo y materia, se sustentaba sobre el principio de causalidad: todo efecto tiene una causa y toda causa tiene siempre el mismo efecto. Este principio proporcionaba la seguridad de que la razón humana podía controlar la naturaleza. Pero los citados descubrimientos anularon la concepción del universo y la materia absolutos e infinitos, así como los demás principios racionalistas que fundamentaban la física de Newton.

Dicho de una manera más fácil de entender: la nueva física derrumba verdades que se tenían por indubitables. Cuando dos masas se unen, parte de ellas se transforma en energía, es decir, uno más uno no son dos sino un poco menos de dos. El átomo, lo más pequeño del mundo —la propia palabra significa «sin división»—, se fracciona en partículas menores: protones, neutrones y electrones. El tiempo no es una dimensión constante sino relativa, que depende de la velocidad a la que nos traslademos; si viajamos a la velocidad de la luz, no transcurre. Y, en el plano subatómico, se descubre que es imposible conocer al mismo tiempo la velocidad y la posición del electrón. Así pues, ¿cómo vamos a dominar el mundo, según creíamos, si no somos capaces de dominar la partícula más ínfima?

En filosofía, tras el marxismo surgieron la fenomenología, el vitalismo y el existencialismo, y en psiquiatría, el psicoanálisis. La fenomenología de Husserl propone el estudio de la experiencia subjetiva. Entre los filósofos vitalistas, Nietzsche niega la inmortalidad del alma y de Dios, afirma que no hay valores absolutos y que el hombre debe generar su propia moral, y por ello propone el desarrollo de la vida en su totalidad para crear el superhombre, que está por encima del bien y del mal; Dilthey dice que el hombre no es una sustancia sino un proceso; y Bergson afirma que la inteligencia y la intuición permiten captar la conciencia y el espíritu, realidades distintas de los cuerpos inertes que pueblan el mundo, pero que no es posible ninguna demostración, pues la vida es un constante fluir y solo la intuición puede captar el tiempo vital. El existencialismo de Kierkegaard afirma que la razón es limitada y no es capaz de comprender la verdadera naturaleza de la existencia, lo que lleva al hombre a una situación de angustia, resalta la importancia de la persona y de la existencia individual. Con el psicoanálisis, Freud, que publicó *La interpretación de los sueños* en 1899, estudió lo que hay de irracional en el comportamiento humano; muchos de nuestros actos y deseos son fruto de la presión del inconsciente, impulsos provenientes de deseos insatisfechos.

Es decir, el racionalismo ha permitido al ser humano explicar y entender el mundo sin necesidad de recurrir a Dios, pero, sin Dios, se encuentra solo ante un mundo en el que no todo es explicable mediante la razón.

El impresionismo pictórico nos permite ver y comprender bien lo que supuso el fin del realismo y la renovación estética de finales del XIX. Esta renovación, en literatura, se inició con el parnasianismo —Théophile Gautier, Leconte de Lisle, Charles Baudelaire—, que defendía el ideal del «arte por el arte»; para estos poetas, la belleza y la poesía no tienen otro fin que ellas mismas, están por encima del bien y del mal. Se busca la perfección formal, la composición acabada del poema, la plasticidad y el colorismo, el gusto por el detalle. La poesía quiere desprenderse del subjetivismo y de toda función didáctica y produce poemas fundamentalmente descriptivos. El exceso formal del parnasianismo dio origen al simbolismo —Stéphane Mallarmé, Paul Verlaine, Arthur Rimbaud—, a veces frío y academicista, que pretende ir más allá de lo aparente, descubrir los símbolos que el mundo encierra, de manera que la poesía se convierte en un instrumento de conocimiento que capta la realidad suprarracional a través de los símbolos; imágenes físicas que evocan lo no perceptible por los sentidos: ideas, sentimientos, obsesiones. Por ello, tienen gran importancia en el simbolismo los sueños, la intuición y lo misterioso. El simbolismo reivindica la libertad formal —sintaxis, vocabulario, (ausencia de) rima—, prefiere el arte de la sugerencia —insinuar los sentimientos mejor que declararlos— y dota a la poesía de cromatismo, musicalidad y abundancia de sinestesias. También ejerció su influencia en esa renovación estética el decadentismo —Oscar Wilde, Gabriele d'Annunzio—, movimiento elitista, bohemio, cuya actitud provocadora tenía mucho de pose romántica frente a la moral burguesa, la hipocresía y los convencionalismos. El decadentismo, consciente de vivir el final de una época, se complace en lo enfermizo, lo voluptuoso, lo morboso; es atraído por lo excitante, el refinamiento, la exquisitez, la abundancia de referencias culturales, lo complicado y lo artificial. Lo hace no con el lenguaje frío del parnasianismo, sino expresando los sentimientos, los sueños, la vida interior… El decadentismo, desde la insatisfacción y la provocación, reivindica los paraísos artificiales que ya había celebrado Baudelaire.

A comienzos del siglo xx los escritores jóvenes —que se autodenominaban la «gente nueva»— despreciaban y se enfrentaban a la estética realista. Querían transformar radicalmente la cultura recibida. A estos jóvenes comenzó a llamárselos, despectivamente, «modernistas» (el término se tomó del empleado por Pío X y León XIII para designar una posición heterodoxa respecto al catolicismo tradicional, que pretendía conciliar la fe con el pensamiento moderno), y se criticó su extravagancia, su culto exagerado a la forma, el radicalismo político de algunos... Pero, poco a poco, el término «modernismo» fue aceptándose de manera positiva en el campo de la literatura para referirse a los nuevos autores.

«Modernismo» designa una corriente de renovación artística que fue visible, sobre todo, en las artes decorativas y en la arquitectura y que supone una profunda transformación que responde a los cambios de todo tipo ocurridos en las últimas décadas del xix. El modernismo literario nació en Hispanoamérica a partir de la publicación de *Ismaelillo*, del cubano José Martí, en 1882. Se inició entonces una renovación estética que buscó en la literatura francesa del momento una nueva forma de expresión y se enfrentó al materialismo y a la deshumanización.

Los escritores de fin de siglo, de diversas corrientes artísticas y de pensamiento, tuvieron en común su afán por ser originales —extravagantes, a veces— para demostrar su aversión a las convenciones sociales y los valores burgueses, que, basados en el orden y la tradición, a su vez aborrecían el irracionalismo y el caos. El escritor modernista se oponía al orden burgués y al conformismo asfixiante, y se rebelaba mediante su radicalismo político, su indumentaria, su actitud provocativa y su elección de la bohemia como forma de vida. Hay un claro paralelismo entre el rechazo de los modernistas a la sociedad nacida de la segunda revolución industrial y el de los románticos a la sociedad nacida de la primera. En ambos casos, surge un pensamiento idealista que desestima el economicismo, el materialismo y el pragmatismo típicos de la sociedad burguesa.

El «mal del siglo», la sensación general de hastío vital, se refleja además en el escepticismo, el pesimismo, la insatisfacción, el descontento, el desánimo, la melancolía... sentimientos contrarios al racionalismo burgués. En los jóvenes escritores se enfrentan el intelectualismo y el vitalismo, y el pensamiento parece conducir inevitablemente al dolor al hacer consciente al individuo de su finitud; por ello los protagonistas de muchas obras del periodo evitan el sufrimiento absteniéndose de actuar y limitándose a la contemplación, o dedicándose a una frenética actividad que no les permita reflexionar.

La España del desastre

Mientras, en 1898 España perdía sus últimas colonias de ultramar. Su papel internacional quedaba lejos del que había desempeñado en siglos pasados. También estaba lejos del desarrollo económico e industrial respecto de otras potencias europeas.

En 1898 los conflictos coloniales en Cuba y Filipinas se convirtieron en guerra contra Estados Unidos y significaron la pérdida del mercado colonial y, con ella, una grave crisis financiera e industrial y la tendencia al proteccionismo. Supusieron también la repatriación de más de doscientas mil personas para las que no había trabajo. El «desastre del 98» puso de manifiesto las limitaciones de la Restauración y comprometió al Gobierno, al ejército y a la sociedad civil. El «desastre», además, fue moral, porque las colonias se perdieron como consecuencia de la intervención de un país extranjero, a diferencia de lo ocurrido en el proceso de independencia del resto de las colonias americanas.

Al iniciarse en 1902 el reinado de Alfonso XIII, España seguía siendo un país fundamentalmente rural, pero su agricultura era ineficaz y atrasada. El mercado interior era débil; el desarrollo industrial, escaso. Ante la debilidad de la burguesía, la oligarquía terrateniente y financiera ejercía el poder. El sistema de la Restauración —y el caciquismo— seguía inalterado desde 1875 y no entró en crisis hasta después de la Primera Guerra Mundial. Con la pérdida de las últimas colonias desapareció la posibilidad de emigrar a América para una población que, en las primeras tres décadas del siglo XX, pasó de dieciocho a veinticuatro millones de habitantes. Las desigualdades y los conflictos sociales, como la protesta contra el embarque de tropas hacia Marruecos que originó la Semana Trágica de Barcelona en 1909, se prodigaron a comienzos del siglo xx.

Esta situación llevó a los intelectuales a plantearse el llamado «problema de España»: a qué se debía la situación actual del país y cómo resolverla. Surgió así el regeneracionismo, que pedía reformas agrarias, educación y europeización. Mientras tanto, continuaba la muy importante e influyente labor cultural que, desde postulados progresistas, hacía desde su fundación la Institución Libre de Enseñanza. La ILE creó un sistema educativo que excluía la memorización y la religión, fomentaba el amor a la naturaleza, al arte y al folclore y se fundamentaba en la relación cordial entre profesores y alumnos.

Pero la crisis del 98 no fue un fenómeno español aislado, como tendemos a pensar; en casi todos los países se vivieron importantes situaciones de crisis en torno a 1900. Por ejemplo, la generada en Francia por el célebre caso Dreyfus o la Revolución rusa de 1905, subsiguiente a la guerra rusojaponesa iniciada el año anterior.

Para la literatura española fueron muy importantes el contacto con el modernismo hispanoamericano y la influencia del parnasianismo y del simbolismo franceses, y cabe añadir que la prensa especializada estaba muy al tanto de las novedades de Francia. Ideológicamente, los escritores españoles de comienzos del siglo xx partieron de la influencia del krausismo y la Institución Libre de Enseñanza, del regeneracionismo, del socialismo y del anarquismo, así como de las ideas filosóficas de Schopenhauer, Kierkegaard y Nietzsche.

En 1892 había llegado a Madrid Rubén Darío como embajador de Nicaragua. Su presencia en España fue decisiva para la recepción del aire nuevo que llegaba desde América a la literatura española. Y el modernismo, que tuvo rápido eco en Cataluña, dejó en la literatura española de principios de siglo una enorme huella. A ello contribuyó el apoyo de la editorial Renacimiento a los jóvenes escritores, aun cuando en el origen del modernismo existía un desprecio bohemio a la mercantilización de la obra bella, consecuencia de la actitud de rebeldía hacia los valores burgueses propia de los movimientos artísticos europeos del momento.

A la generación de escritores nacidos en torno a 1870, que dio en llamarse generación del 98 —por el año del «desastre»—, le correspondió afrontar y adaptar las novedades del modernismo y ocuparse, con una visión pesimista, de la reflexión sobre España.

El término «generación del 98» lo usó por primera vez Azorín, en unos artículos escritos en 1913. A partir de entonces, empezó a llamarse «modernistas» a los escritores que se refugiaban en el esteticismo como manera de rechazar el mundo y «generación del 98» a los que se mostraban críticos con la realidad y propugnaban la necesidad de cambios. Pero lo cierto es que modernistas y noventayochistas son escritores contemporáneos que comparten los mismos problemas, fuentes extranjeras y actitud hacia los valores heredados y la autonomía de la expresión artística, y que publican en las mismas editoriales, periódicos y revistas. Los escritores españoles no se conformaban con la renovación estética, sino que deseaban remover los cimientos de la conciencia nacional, pero sin que hubiera en ellos unidad estética sino estilos personales diferentes. Modernistas y noventayochistas, como bohemios e intelectuales de toda Europa, rechazan la hipocresía de la sociedad burguesa, de la que, por otra parte, aspiran a beneficiarse alcanzado el éxito artístico y, con él, el económico.

Angustiados por el atraso español y desconfiando de la clase política, los escritores del 98 intentaron definir la esencia del alma española, culparon a la abulia y la ignorancia, y buscaron la solución al «problema de España» en la vida cotidiana del pueblo llano, en las virtudes ocultas de la gente anónima, en «la vida de los millones de hombres sin historia», diría Unamuno. Buscaron en la historia y la cultura españolas las raíces pasadas de los males presentes, pero también los valores permanentes. Y prestaron atención al paisaje, al entorno físico de la vida del pueblo, que configura su idiosincrasia; esto explica que Castilla, cuna de la civilización hispánica, fuese uno de los temas principales de los noventayochistas.

España, pues, constituyó la preocupación fundamental de los noventayochistas. Su visión es pesimista. Buscaron una explicación al carácter español y al pasado nacional y encontraron la vía para mejorar el porvenir en la europeización. España debía abrirse intelectualmente al resto del continente, necesitaba aproximarse a Europa y poner fin a su aislamiento secular. Junto al tema de

España, los problemas religiosos y existenciales —el sentido de la vida humana, el tiempo, la muerte, la angustia— fueron asuntos importantes en la obra de los autores del 98.

Despojado de cisnes y pavos reales, y con la influencia de Verlaine y de Bécquer, el modernismo español resultó más sobrio y menos exótico que el hispanoamericano. Tuvo quizá en Ramón María del Valle-Inclán su más genuino representante. Modernistas son sus primeras novelas: *Tirano Banderas* y las cuatro *Sonatas.* Luego, con *Comedias bárbaras*, avanzó hacia el esperpento: género teatral que presentaba grotescamente deformada la realidad de España, única manera —decía— de mostrarla tal como era y poder comprenderla. En el esperpento, en la visión crítica de la realidad española, se combinan un lenguaje poetizado y el argot callejero, la deformación expresionista, la integración de códigos diversos, la visión grotesca y absurda de la existencia humana, la caricaturización de las convenciones sociales, la animalización de los personajes, la risa, el horror y el sarcasmo... *Luces de bohemia* —en cuya famosa escena XII Max Estrella, su protagonista, expone la teoría del esperpento—, *Divinas palabras* y *Martes de Carnaval* son los esperpentos que sitúan a Valle-Inclán en un lugar privilegiado del teatro del siglo XX.

El modernismo también está presente en las primeras obras del poeta Antonio Machado, que, educado en la Institución Libre de Enseñanza y en sus profundos principios éticos, quizá sea el más insigne representante de la generación del 98. Machado, cuya poesía corre en paralelo a su biografía —Soria, Leonor, Baeza, la guerra...—, busca en ella captar mediante la palabra y el adjetivo, y rehuyendo la metáfora, la esencia y la temporalidad de las cosas. *Soledades* (1903), cuyo tema principal es el paso del tiempo, muestra la influencia de Rubén Darío, pero eliminando los ecos más sonoros y profundizando en los símbolos —el camino, la tarde, la fuente— y en los sueños. *Soledades, galerías y otros poemas* (1907) ahonda en la melancolía y en la introspección característica de la obra machadiana. *Campos de Castilla* (1912) pone de manifiesto la visión de Machado del problema de España, que se acentúa en *Poesías completas* (1917), en el que cifra su esperanza en el futuro. A esta última obra, Machado fue incorporándole poemas en las ediciones siguientes de 1928, 1933 y 1936. Junto con su importante obra poética, el ensayo *Juan de Mairena* (1936) recoge el pensamiento de Machado.

Si Valle es el más importante dramaturgo de esta generación y Machado su poeta, Pío Baroja es su gran novelista. Baroja es uno de los más leídos y conocidos del siglo XX y uno de los de mayor influencia en los narradores españoles de generaciones posteriores. Su obra novelística, que tiene sus raíces en el folletín y en la novela inglesa de aventuras del siglo XIX, se caracteriza por el estilo sencillo y claro, el párrafo breve, la concisión, la agilidad narrativa, el predominio de la acción, los diálogos rápidos y naturales, los personajes enfrentados al entorno. Pensaba el autor que el novelista debe escoger entre dotar de libertad a sus personajes o dar preeminencia a la estructura argumental; elige siempre lo primero porque prefiere que el relato tenga vida, aunque sea a costa de perder orden. Porque Baroja tiene claro que el fin de la novela debe ser entretener al lector. En su obra hay un antes y un después: antes de 1912, encontramos todas sus novelas más destacables; después, el escritor se centra en la serie que compone las *Memorias de un hombre de acción*, cuyo interés es menor. A la etapa anterior a 1912 pertenecen muchas que reflejan la personalidad de Baroja y el espíritu del 98, como *La casa de Aizgorri*, *Camino de perfección*, *La busca*, *Zalacaín el aventurero*, *El árbol de la ciencia*, *Las inquietudes de Shanti Andía*... Algunas de ellas son de ambiente marinero o vasco y otras están situadas en los barrios bajos del Madrid de comienzos de siglo.

Junto a ellos destaca en el 98 la figura intelectual de Miguel de Unamuno. En su extensa obra cultivó la poesía y el teatro, fue autor de importantes ensayos de contenido filosófico —*Del sentimiento trágico de la vida*— o sobre España —*En torno al casticismo*, *Vida de don Quijote y Sancho*— y de cientos de artículos en una época en que periódicos y revistas, que vivían un momento de importante evolución y progreso, eran, frente al libro, vehículo fundamental de transmisión de las ideas y en la que los escritores gozaban de prestigio social. La novela de Miguel de Unamuno —de la que nos ocuparemos más abajo— se caracteriza por la ausencia de descripción, la importancia del diálogo, la imprecisión temporal y espacial (todo lo cual permite que el relato se centre en la conciencia de los personajes) y la omnipresencia del autor, aunque no necesariamente mediante un narrador omnisciente, y de sus preocupaciones existencialistas: la confrontación entre la voluntad y las circunstancias, la personalidad, el destino final del ser humano...

La novela a comienzos del siglo XX

Lógicamente, la crisis de valores finisecular afectó también a la novela, que hacia 1900 se encontraba dominada por el naturalismo. Pero ya en la década de los noventa había penetrado en las obras de los escritores realistas la complicación psicológica y la exploración de nuevos ambientes. La objetividad fue dando paso a la perplejidad moral y a la pluralidad de tendencias narrativas.

Los novelistas de principios de siglo transmitían un mensaje de frustración y desesperanza ante la imposibilidad de encontrar un objetivo o un significado a la existencia humana. Esta angustia, filosófica y vital, fue una fecunda fuente de experimentación literaria y tuvo como consecuencia la crisis de fe en el racionalismo y en la observación experimental, así como el rechazo de su expresión artística, el realismo. Además, apeló al sentido absurdo de la vida e introdujo una ironía cómica y grotesca en las obras literarias. Puesto que la vida resultaba ruin y absurda, era un sinsentido que el artista se dedicase a copiarla; de ahí el alejamiento del realismo, de la tendencia decimonónica de confundir la vida y el arte, de asignar al arte la función de representar la realidad. Así, los aspectos narrativos y descriptivos de la literatura perdieron importancia. El objetivo poético que proponía Mallarmé era no describir las cosas sino los efectos que producen; las novelas se acercaron a la poesía, abandonaron los detalles en las descripciones y los sustituyeron por impresiones.

Otra típica preocupación de la novela de principios de siglo fue la del punto de vista. Escribir desde la perspectiva impersonal y omnisciente de la novela realista provocaba insatisfacción a los autores, por lo que buscaron trascenderla.

El agotamiento de la novela realista llevó consigo el germen del desarrollo posterior del género: la sustitución del argumento complicado por el relato de la anécdota y el predominio de la introspección psicológica favorecieron la aparición de la novela corta, en la que se produce un doble proceso de reducción e intensificación. Naturalmente, en la segunda y tercera década del siglo XX, las vanguardias tuvieron también su influencia en la renovación de la novela. Aportaron el gusto por la experimentación y la forma, el fragmentarismo, la deshumanización de los personajes, la temática urbana, la presencia del maquinismo y del erotismo y la influencia de las técnicas narrativas del cine.

Las características de la novela nacida en las primeras décadas del XX, que explora el interior del ser humano y su relación con la realidad, marcan el devenir del género hasta hoy. Esas características generales, que implican un lector activo, son:

- el punto de vista múltiple que acaba con el narrador omnisciente
- el narrador en primera persona que implica al lector en sus reflexiones
- el monólogo interior y el flujo de conciencia que permite explorar el inconsciente de los personajes
- la acción fragmentaria: ruptura de la línea argumental lógica, narración *in medias res*, finales abiertos
- la relatividad y no linealidad del tiempo: presentación subjetiva del tiempo, empleo de procedimientos que permiten los saltos temporales, la presentación de acciones simultáneas y el juego con el ritmo narrativo
- el escenario urbano
- la aparición de espacios íntimos de valor simbólico
- el protagonista colectivo
- el personaje angustiado que se aleja del héroe clásico y del personaje humanizado del realismo
- la reflexión metaliteraria

Estas características aparecen en distinta medida en muchas novelas europeas y norteamericanas, de mano de escritores como Édouard Dujardin, James Joyce,

Franz Kafka, Virginia Woolf, Alfred Döblin o Ernest Hemingway. En España, a finales del XIX los escritores realistas comenzaron a buscar la esencia de lo real en el mundo interior, en la conciencia. Ese proceso de interiorización culmina en las obras de 1902 de los jóvenes Unamuno (*Amor y pedagogía*), Baroja (*Camino de perfección*), Azorín (*La voluntad*) y Valle-Inclán (*Sonata de otoño*).

En las últimas décadas del XIX las clases medias y bajas se habían incorporado al público lector, y a ellas se dirigían colecciones como *El Teatro Moderno* o *La Farsa*, que llevaban al papel con rapidez los estrenos más recientes. A estas colecciones vinieron a unirse durante las primeras décadas del XX las de novela corta, que se convirtió en un género de gran éxito popular, con tiradas de unos sesenta mil ejemplares y, en algunos casos, de hasta trescientos mil, una cantidad similar a la de la prensa diaria. En ellas, aunque abundaron las traducciones de autores extranjeros, colaboraron todos los novelistas de la época.

Este nuevo fenómeno editorial, con su impresionismo descriptivo, su abandono de la digresión explicativa y su tendencia a las rupturas bruscas, fue el mejor acomodo para la disolución del realismo y la búsqueda de novedades. A su éxito contribuyeron el crecimiento de las ciudades, la reducción del analfabetismo, el desarrollo del ferrocarril, que facilitó y agilizó la distribución, el precio asequible, la incorporación de la mujer a la vida social, las atractivas cubiertas en color y también los dibujos en su interior que ilustraban la acción. Pero, al mismo tiempo, el realismo siguió siendo un vehículo de difusión literaria de gran influencia en las clases medias y bajas urbanas, que accedieron masivamente a la lectura gracias a estas colecciones, dirigidas al amplio público que estas clases constituían. Además, los críticos literarios hicieron lo propio por mitigar la difusión del subjetivismo modernista y perpetuar el gusto por el relato historicista.

En las colecciones de novela corta publicaron y convivieron los grandes autores de la época con otros muchos no tan importantes. Y convivieron los relatos al modo del realismo decimonónico con el subjetivismo psicologista de la novela del XX, y con las novelas de «género»: la novela rosa, la novela social, la novela erótica, la novela deportiva, la novela de anticipación científica...

La primera de estas colecciones, *El cuento semanal*, fundada en 1907 por Eduardo Zamacois, recogió una variada gama de tendencias narrativas y en ella publicaron por primera vez muchos de los escritores de la época. *La Novela Corta* (1915-1925), de muy módico precio, pretendía poner al obrero en contacto permanente con Galdós, Pardo Bazán, Dicenta, Valle-Inclán, Baroja, Benavente... *La novela de hoy*, nacida en 1922, fundada por el escritor Artemio Precioso, introdujo una novedad: los autores contratados en exclusiva para una colección. Este amplio corpus de las series narrativas periódicas —semanales o quincenales— de relatos breves, de precios muy accesibles, tuvo una gran incidencia en el proceso de modernización del gusto y los hábitos de los lectores. Muchas de ellas gozaron de enorme popularidad y fueron auténticas fuentes de best sellers.

Blasco Ibáñez fue el autor más cercano a los modos decimonónicos, desde su progresismo político, y el más popular, y sus novelas alcanzaban las mayores cifras de ventas. También fue muy popular Felipe Trigo, cuyas novelas, tanto las sociales como las eróticas, estuvieron rodeadas de escándalos. Trigo indagó en los conflictos morales del fin de siglo. Concha Espina y Ricardo León continuaron el realismo en la *Biblioteca Patria*. José María Salaverría y Manuel Bueno cultivaron una novela reaccionaria. Manuel Ciges Aparicio pasó del relato de ambiente bohemio a la novela rural de tema caciquil y a la literatura obrerista. Silverio Lanza escribió entre el realismo crítico y el simbolismo irónico. Carmen de Burgos, «Colombine», manifestó su conciencia feminista. Alejandro Sawa, que conoció el modernismo en París, escribió novelas experimentales. Rafael Pérez y Pérez fue el rey de la novela rosa. Eugenio Noel lanzó su campaña de antiflamenquismo y antitaurinismo. Alberto Insúa osciló entre la herencia naturalista y el cosmopolitismo. Otros autores habituales de las colecciones de novela corta fueron: el citado Zamacois —pionero de la literatura galante—, José López Pinillos, Antonio de Hoyos y Vinent, José María Carretero «El Caballero audaz», Pedro Mata,

Álvaro Retana, Rafael López de Haro, Joaquín Belda, Ciro Bayo...

Unamuno y su obra

El Premio Nobel de Literatura ha quedado desierto en siete ocasiones: seis en años correspondientes a las dos guerras mundiales; la séptima en 1935, cuando, siendo candidato Unamuno, el Gobierno del Tercer Reich presionó a la Academia Sueca para evitar que se concediera al escritor español.

Miguel de Unamuno (Bilbao, 1864-Salamanca, 1936), autor polifacético de una extensa obra que abarca todos los géneros, fue un intelectual independiente que participó activamente en la política nacional y trató todos los asuntos sin rehuir la polémica en la España del primer tercio del xx. Licenciado en Filosofía y Letras, doctor a los veinte años, catedrático de Griego en la Universidad de Salamanca desde 1891, en 1901 alcanzó en esta el cargo de rector, del que fue destituido y restituido en varias ocasiones (en 1914, durante la Segunda República y tras el golpe de Estado de 1936).

El enfrentamiento de Unamuno con el Gobierno motivó su destitución en 1914 y culminó, al inicio de la dictadura de Primo de Rivera, con su condena de destierro en Fuerteventura en 1924. De allí, tras ser indultado, Unamuno partió al exilio en Francia, de donde regresó en 1930, al término de la dictadura. En 1931, como Antonio Machado en el ayuntamiento de Segovia, Unamuno fue el encargado de proclamar la República en el de Salamanca. Se reincorporó entonces al cargo de rector, resultó elegido diputado como independiente en la candidatura de la Conjunción Republicano-Socialista y fue propuesto por un grupo de intelectuales a la presidencia de la República. En 1932 fue elegido miembro de la RAE, aunque nunca tomó posesión de la plaza. En 1934, al jubilarse, fue nombrado rector vitalicio y alcalde honorario perpetuo de Salamanca. Y Ciudadano de Honor de la República en 1935. Los homenajes y reconocimientos de estos años manifiestan —puede verse mirando la prensa del momento— que Unamuno, pese a su carácter polémico, era el intelectual de mayor prestigio y el más respetado de España.

Tras mostrarse inicialmente partidario del alzamiento franquista, fue destituido del cargo de rector por el Gobierno y rápidamente reincorporado por el bando sublevado. Pero pronto fue nuevamente despojado del cargo: en el acto de celebración del Día de la Raza, el 12 de octubre de 1936, en el paraninfo de la universidad, Unamuno intervino improvisadamente para replicar a uno de los intervinientes. Se produjo entonces un enfrentamiento entre el rector y el general Millán Astray, fundador de la Legión. A las palabras del primero, «Vencer no es convencer», replicó el segundo: «¡Viva la muerte!, ¡mueran los intelectuales traidores!». Desde ese día permaneció bajo un oficioso arresto domiciliario hasta su fallecimiento el 31 de diciembre del mismo año.

Unamuno fue nombrado doctor *honoris causa* por las universidades de Grenoble en 1934 y de Oxford en 1936: su prestigio era también internacional.

El interés juvenil de Unamuno por el positivismo científico y los problemas sociales, que le llevó a militar en el partido socialista, desapareció pronto, en 1897, a raíz de la enfermedad de su tercer hijo, cuando comprendió que la ciencia no era capaz de resolver el ansia fundamental del ser humano: su deseo de inmortalidad. Desde entonces su pensamiento se centra en el conflicto entre la razón, que niega la pervivencia de la conciencia tras la muerte, y el sentimiento, que anhela la inmortalidad. De este conflicto nace lo que después Unamuno denominó el sentimiento trágico de la vida. Y durante los años del destierro se ahondará su crisis espiritual y religiosa.

Aunque viviera en Salamanca y no en Madrid, Unamuno estuvo siempre al tanto de lo que ocurría en Europa —hablaba y leía varios idiomas—, y su novela se inscribe en la narrativa europea del momento mucho más que la de ningún otro escritor español de la época. Hizo del género un instrumento de reflexión sobre la vida humana; escribió las primeras novelas existencialistas. Los asuntos principales de la narrativa unamuniana son, como ya hemos señalado, la personalidad, el duelo entre la voluntad y la circunstancia, el destino final del hombre. Para presentarlos empleó diversos enfoques. Una de las características más interesantes de su novelística es la omnipresencia del autor, configurado como personaje.

En Unamuno está siempre presente la contradicción y la paradoja entre lo individual y lo colectivo, lo mutable y lo inmutable, la historia y la intrahistoria, así como su obsesión religiosa. Podemos decir que sus novelas son «novelas de ideas» caracterizadas por la presencia de un concepto motor, la supeditación de la personalidad y la función de los personajes a ese concepto, el esquematismo narrativo, la abstracción del tiempo y del espacio y la importancia de los diálogos. Están escritas con un estilo sencillo, pero de expresión precisa, y con un vocabulario que recoge tanto arcaísmos como expresiones populares o neologismo creados por el autor.

En su primera novela, *Paz en la guerra* (1897), una extensa crónica de un episodio de la guerra carlista que formaba parte de su infancia —el cerco de Bilbao en 1874—, la lenta acción se interrumpe con abundantes reflexiones, y ya está presente el concepto de intrahistoria al que Unamuno había dado forma dos años antes en *En torno al casticismo*. El autor se incorporaba con este ensayo a la preocupación por el problema de España. Para él la solución al problema patrio se encontraba en la intrahistoria: conocer la vida de las personas anónimas sobre la que se sustenta la historia y a la que podemos acercarnos mediante la relación entre el espíritu del pueblo y el paisaje. La intrahistoria es eterna, frente a la historia, que es cambiante.

Las ideas centrales de *Del sentimiento trágico de la vida* (1912) sobre la verdad, el consuelo, el libre albedrío y la inmortalidad ya aparecen, en forma de caricatura, en

Amor y pedagogía (1902), una novela que pretende demostrar el absurdo de intentar racionalizar la vida. Su protagonista, Avito Carrascal, fracasa en su intento de educar a su hijo sobre la base de principios científicos positivistas; la aplicación rigurosa del positivismo es incompatible con los impulsos naturales y el temor a la muerte. También están presentes ya en *Amor y pedagogía* la idea de que la vida humana se asemeja a representar un papel en una novela o una obra de teatro, y la duda de si podemos intercalar una «morcilla» en el texto escrito por el autor. *Amor y pedagogía* sorprendió al público hasta el punto de que, ante las críticas que afirmaban que aquello no era una novela, en la segunda edición Unamuno añadió un prólogo en el que dice que se trata de una «nivola»: «relatos dramáticos acezantes, de realidades íntimas, entrañadas, sin bambalinas ni realismos en que suele faltar la verdadera, la eterna realidad, la realidad de la personalidad».

En diciembre de 1911, en *El Cuento Semanal* se publicó *Una historia de amor*, relato breve pero profundamente humano que describe cómo se marchita el amor de dos novios provincianos en la monotonía de tantos días iguales. Para salvarlo, ella propone fugarse, pero la aventura y la mísera pobreza del acto sexual les hacen sentirse ridículos y empequeñecidos y los separan definitivamente.

En 1914 Unamuno publicó *Niebla*, con el subtítulo de «nivola» —solo empleado en esta novela—, que vuelve a tratar de manera cómica asuntos graves como los planteados en *Del sentimiento trágico de la vida* (la personalidad, la realidad de ser hombre, la inmortalidad del alma). En ella se convierte en drama un pequeño infierno doméstico. Plantea Unamuno que los hombres y la historia no son más que un sueño de Dios. Augusto Pérez, el protagonista, no tiene identidad definida hasta que se convierte en novio de Eugenia. Cuando ella se fuga el día antes de la boda, Augusto toma conciencia del problema de su auténtica existencia, piensa en suicidarse y hace algo inusitado para un personaje de 1914: va a Salamanca a visitar y pedir consejo a Unamuno. Este le dice que es un personaje inventado y, en consecuencia, no puede tomar decisiones y suicidarse. Pero Augusto le contesta que los personajes de ficción están gobernados por una lógica interna en la que ya su creador no puede intervenir; también le recuerda que, en *Vida de don Quijote*, escribió que los personajes crean en cierto sentido a sus autores y que es posible que el propio Unamuno solo exista en la vida de los personajes que ha creado. Unamuno decide matarle. Entonces la serenidad que mantenía Augusto creyendo que podía morir en un acto consciente se convierte en terror al pensar que su muerte será fruto del capricho de su creador. Como personaje, Unamuno aparece como un dios contra el que los hombres deben luchar y rebelarse. Quizá esa rebelión no consiga cambiar el destino del ser humano, pero al menos dotará de dignidad su vida.

Las posteriores novelas de Unamuno continúan la indagación en la existencia humana y la identidad personal. *Abel Sánchez* (1917) —a esta la llamó novela, porque se parece más a la vida que las demás— es un estudio psicológico de un paranoico, la torturadora historia de un hombre, Joaquín Monegro, consumido por el odio y la envidia. Basada en la de Caín y Abel, la historia explica que sentimos envidia de aquellos que creemos inferiores pero que los demás consideran superiores a nosotros. El lector se compadece de Joaquín porque su envidia parece justificada por la simpleza, sosería y mediocridad de Abel, el personaje que da título a la novela.

En *Tres novelas ejemplares y un prólogo* (1920) se produce una lucha entre las modalidades del ser —lo que creemos ser, lo que los otros creen que somos, lo que realmente somos y lo que deseamos ser—, y lo que los protagonistas quieren ser se convierte en realidad durante un tiempo. De 1921 es *La tía Tula*, que incluye un «prólogo que puede saltar el lector de novelas». Centrada en una familia vulgar, la narración estudia la psicología de una mujer que tiene fortísimos impulsos maternales y una invencible aversión por la impureza del deseo. Tula, que muere virgen, ¿no es más madre de sus sobrinos que sus propias madres? Las dos madres carnales mueren poco después de parir y la tía Tula queda como la figura materna de la familia. Tula es una mujer firme en las situaciones difíciles, que sin embargo huye de sí misma en lo más íntimo y personal.

Cómo se hace una novela (1927) explora la idea de que la existencia es como una novela escrita por el protagonista, pero también de que somos algo más que nuestra novela. Y, si somos algo más que nuestros actos, puede que una parte de nosotros sobreviva al final de la historia.

En los últimos meses de 1930 Unamuno escribió también las novelas cortas *La novela de Don Sandalio, jugador de ajedrez* y *Un pobre hombre rico, o el sentimiento cómico de la vida*. Del mismo año es *San Manuel Bueno, mártir*, que muestra, como *Del sentimiento trágico de la vida*, lo incompatibles que son el consuelo —que nos proporciona la fe y nos permite vivir felices en la esperanza de la vida eterna— y la verdad, que nos dicta la razón y niega la existencia de otra vida tras la muerte.

San Manuel Bueno, mártir

Un sacerdote, una cruz y una interrogación ilustran la cubierta del 13 de marzo de 1931 que Rafael de Penagos dibujó para el número 461 de la colección *La novela de hoy*, en la que apareció *San Manuel Bueno, mártir*. Unamuno la había escrito en noviembre de 1930. Dos años más tarde, en 1933, Espasa-Calpe publicó de nuevo *San Manuel*, con un prólogo del autor, junto con las otras dos novelas escritas en 1930, y, también, *Una historia de amor*, bajo el título *San Manuel Bueno, mártir y tres historias más*. Espasa volvió a publicar la novela en 1942 y desde entonces se han ido sucediendo las ediciones de la obra.

Nos encontramos ante una novela breve, una novela de aparente sencillez que admite diferentes lecturas e interpretaciones, estructurada en secuencias narrativas, pero no en capítulos u otras divisiones formales. El relato lo constituye un documento redactado por uno de los personajes, Ángela Carballino. Unamuno aparece en la secuencia final, que hace las veces de epílogo, como su transcriptor para decirnos que debe guardar en secreto el modo en que ha llegado hasta él este texto que recoge las memorias de Ángela. Recurre así a la técnica narrativa llamada «del manuscrito encontrado», procedimiento que permite el alejamiento del narrador respecto de lo narrado. Este recurso es uno de los distintos elementos de *San Manuel* en los que la novela se vincula con el *Quijote*. Como en la novela de Cervantes, el procedimiento de alejamiento es complejo; lo que supuestamente leemos es el escrito recogido por Unamuno, que fue redactado por Ángela y que se basa en parte en las notas de su hermano Lázaro.

El obispo de la diócesis de Renada ha iniciado el proceso de beatificación del sacerdote Manuel Bueno. Ángela, que le conoció bien, decide poner por escrito los recuerdos de este último. Antes ha aportado los datos que el obispo le solicitó, pero ha callado lo que en su escrito recoge. El problema es que, si el documento redactado por Ángela viese la luz, se pondría en riesgo la beatificación de don Manuel, porque, de acuerdo con lo que ella cuenta, nos enteramos de que el sacerdote no creía en la vida eterna o, cuando menos, vivió en la duda. Pero don Manuel pensaba que su deber, por el bien y la felicidad del pueblo, era predicar el mensaje consolador que ofrece la religión, y lo hizo hasta su muerte. Hasta el punto de que renunció a hacer carrera eclesiástica por no abandonar a su pueblo.

¿Por qué lo escribe Ángela? Lo hace a modo de confesión —dice—, con voluntad de sinceridad y de intimidad, sin buscar publicidad, mezclando el relato y los sentimientos. Lo escribe porque, para entonces, cuando se inicia la beatificación, tiene más de cincuenta años —se acerca a la vejez y a la muerte—, solo ella conoce el secreto de don Manuel, por lo que podría llevárselo a la tumba pero no resiste el impulso humano de contarlo. Decir lo que nos pasa, lo que sabemos, lo que opinamos es una necesidad vital, irreprimible, y Ángela la satisface escribiendo un texto personal, que no pretende que nadie lea, aun a riesgo de que, si llegara a conocerse, hiciera imposible la beatificación de su queridísimo don Manuel.

Con sus recuerdos, Ángela se remonta a su infancia: ya a la ciudad llegaba desde la aldea la fama de santo de don Manuel, que entonces se acercaba a los cuarenta años. Su breve relato abarca varias décadas y en él aparece el tercer protagonista de la novela: su hermano Lázaro. Don Manuel, Ángela y Lázaro son las únicas personas que han salido del pueblo para luego regresar, los únicos también con una formación cultural. Como Unamuno, son huérfanos de padre desde la infancia. Lázaro, a quien en un principio imaginamos como un antagonista de don Manuel, acabará siendo su más fiel colaborador: a él le confiará don Manuel su secreto íntimo, y el verdadero triunfo de don Manuel no será alimentar la fe del pueblo ingenuo sino llevar a Lázaro de la negación a la duda. Ángela acaba diciendo que don Manuel y Lázaro «murieron creyendo no creer lo que más nos interesa, pero, sin creer creerlo, creyéndolo en una desolación activa y resignada». Don Manuel y Lázaro formarán un dúo con claras reminiscencias del de don Quijote y Sancho.

Es interesante observar que, cuando se le rebela el secreto de don Manuel, Ángela tiene veinticuatro años, es decir, más o menos la mitad que cuando redacta su memoria. En la parte de su relato referente a su infancia, adolescencia y juventud, las obras —no las palabras, porque el pueblo cree en hechos, no en palabras— de don Manuel nos ponen de manifiesto su bondad, mientras que, una vez descubierto el secreto, asistimos a la explicación de su condición de mártir, del secreto martirio interior que le provoca una profunda tristeza y que le lleva a huir de sí mismo, de la soledad, del pensar ocioso y a procurar estar siempre ocupado haciendo cosas.

El secreto se desvelará con la llegada de Lázaro al pueblo, quien comprende que don Manuel no es como los otros curas: es demasiado inteligente como para creer en todo aquello que enseña. Tras la muerte de la madre de Ángela y Lázaro, se intensifica la relación entre este y don Manuel y, si ya Ángela se sentía «diaconisa» del párroco, Lázaro, al comprender su santidad, será su más fiel colaborador en la misión de mantener al pueblo en la felicidad.

El relato de Ángela, cuando los recuerdos empiezan a hacerse borrosos, se cierra con la duda de qué es verdad y qué es mentira, qué ha vivido y qué ha soñado o si acaso todo es un sueño; con la duda del ¿y yo creo?, que es una apelación directa al lector: ¿y tú crees?

Don Manuel, Ángela, Lázaro, Simona —la madre de los Carballino— y Blasillo tienen nombres de claro significado simbólico y son los únicos con nombre propio. Los habitantes de Valverde de Lucerna aparecen sin nombre y sin rostro porque viven en la inconsciencia, en la intrahistoria, forman una comunidad sumergida en un sueño colectivo —el pueblo hundido en el lago—, del que despertarla puede ser un crimen. Por eso, don Manuel no lo hace. Blasillo y el pueblo actúan como un coro de tragedia clásica; sus intervenciones remarcan los momentos más importantes de la novela y ayudan al lector a comprender su trascendencia.

Así como los tres personajes principales, en la novela adquieren un claro significado simbólico y polisémico algunos elementos del paisaje. El lago, citado cuarenta y tres veces, simboliza la razón, pero es reflejo también del cielo, esconde en sus aguas el pueblo sumergido —la intrahistoria— y, al sumergirse en él, el pueblo encuentra consuelo. La montaña, citada veinte veces, es símbolo de la fe, pero está coronada por la Peña del Buitre, que representa la duda. El lago vincula la novela con el Nuevo Testamento, y la montaña, con el Antiguo. La nieve, que cae del cielo, se funde en la superficie del lago, pero cuaja sobre la montaña. El nogal seco del que don Manuel hace las tablas para su ataúd le retrotrae a la infancia, el tiempo de la vida en que se cree con la misma inocencia con la que cree el pueblo de Valverde de Lucerna. Quizá por eso los niños siempre apreciaron mucho a don Manuel y este siempre demostró especial preocupación por ellos.

Sobre el paisaje, que tiene en *San Manuel* una presencia de la que carece en otras novelas suyas, Unamuno dice en el prólogo de 1933 que el lago de Sanabria, que visitó en junio de 1930, y la leyenda del pueblo que esconde en su fondo —que procede de la épica medieval francesa— le sugieren el escenario de su *San Manuel*, pero aclara también que ninguna de las aldeas de ese lugar es el modelo de su Valverde de Lucerna. La relación entre el escenario de *San Manuel* y el lago de Sanabria y su leyenda es, como la simbología de la obra, objeto frecuente de estudio; a pesar de que a la novela le conviene —y presenta— una indefinición espacial coherente con su indefinición temporal y no una localización precisa. También lo es la obvia relación entre la novela y la vida y el pensamiento de Unamuno. Como es lógico, *San Manuel* expresa la agonía del autor ante el sentimiento trágico de la vida, ante el conflicto entre razón y fe. Pero es precisamente la vinculación entre vida y obra lo que da unidad al conjunto de la obra unamuniana. Además, es evidente la estrecha relación de nuestra novela con la Biblia: tanto con el Antiguo Testamento (la presencia de la montaña, la identificación de don Manuel con Moisés...), como con el Nuevo (el paralelismo entre don Manuel y Jesús, el propio relato «evangélico» de Ángela...). Ni que decir tiene, esta relación ha sido muy estudiada. Sin embargo, son menos habituales las páginas dedicadas a analizar la relación entre *San Manuel* y el *Quijote*: hemos señalado algunos aspectos de ella, y no debemos olvidar que Unamuno califica —en el citado prólogo— de «martirio quijotesco» tanto el de don Quijote como el de don Manuel, y que la «honda tristeza» de don Manuel le asemeja al «caballero de la triste figura». El apellido de don Manuel, Bueno, es también el sobrenombre de Alonso Quijano, y nos cabe la duda de si uno recupera la cordura y el otro la fe en el momento de su muerte. El tema de si los personajes de ficción son tan reales como las personas vivas —muy unamuniano, como se ve en *Niebla*— lo trata Cervantes en la segunda parte del *Quijote*, y se recuerda en el epílogo de *San Manuel*.

La última novela de Miguel de Unamuno, este evangelio de San Manuel, nos presenta algunos de los asuntos fundamentales de su obra. Junto con el sentimiento trágico de la vida, la necesidad del ser humano de creer que su conciencia sobrevivirá a la muerte cuando la razón dice que ha nacido para morir, nos encontramos también ante el conflicto de la personalidad; lo que somos, cómo nos mostramos ante los demás, cómo nos ven los otros. Y también aparece la duda calderoniana de si la vida no será otra cosa que un sueño.

La condición escolar de esta edición nos lleva a dejar aquí nuestra somera presentación de *San Manuel Bueno, mártir* para que sea el estudiante quien, desde su lectura y con la ayuda de la guía incluida a continuación y las notas al texto, pueda profundizar en los distintos aspectos literarios de la novela.

San Manuel Bueno, mártir

Si sólo en esta vida esperamos en Cristo, somos los más miserables de los hombres todos.

San Pablo, I. Corintios, XV, 19[1]

1. «Somos los más miserables si no creemos en la vida eterna», nos dice san Pablo en esta cita con la que Unamuno abre la novela y que sustituye a la inicialmente elegida en el manuscrito de 1930: «lloró Cristo», del Evangelio de san Juan, referida a la resurrección de Lázaro. En adelante, las notas numeradas aclaran las referencias y el vocabulario del texto; las notas ordenadas alfabéticamente ayudan a la comprensión del relato.

Ahora[a] que el obispo de la diócesis de Renada,[2] a la que pertenece esta mi querida aldea de Valverde de Lucerna, anda, a lo que se dice, promoviendo el proceso para la beatificación de nuestro don Manuel, o mejor san Manuel Bueno, que fue en ésta párroco, quiero dejar aquí consignado, a modo de confesión y sólo Dios sabe, que no yo, con qué destino, todo lo que sé y recuerdo de

[a] Ángela Carballino, la narradora, relata la historia de san Manuel Bueno desde el «ahora» del momento del proceso de beatificación y a modo de confesión. Es decir, se trata de un relato íntimo que no pretende hacerse público. Estamos ante un narrador del tipo «yo-testigo» que realiza una confesión, lo que equivale a un compromiso de sinceridad, que no de objetividad. No debemos, pues, dudar de que lo que Ángela nos cuente aspira a ser veraz, pero es también subjetivo.

Conviene asimismo que nos fijemos en el valor simbólico de su nombre, pues Ángela, etimológicamente, significa «mensajera». El apellido, Carballino, deriva de carballo, es decir, roble: el roble es símbolo de fortaleza.

2. *Renada*: renacida. O, también, dos veces nada.

aquel varón matriarcal[3] que llenó toda la más entrañada vida de mi alma, que fue mi verdadero padre espiritual, el padre de mi espíritu, del mío, el de Ángela Carballino.

Al otro, a mi padre carnal y temporal, apenas si le conocí, pues se me murió siendo yo muy niña. Sé que había llegado de forastero a nuestra Valverde de Lucerna, que aquí arraigó al casarse aquí con mi madre. Trajo consigo unos cuantos libros, el *Quijote,* obras de teatro clásico, algunas novelas, historias, el *Bertoldo,*[4] todo revuelto, y de esos libros, los únicos casi que había en toda la aldea, devoré yo ensueños siendo niña.[b] Mi buena madre apenas si me contaba hechos o dichos de mi padre. Los de don Manuel, a quien, como todo el pueblo, adoraba, de quien estaba enamorada —claro que castísimamente—, le habían borrado el recuerdo de los de su marido. A quien encomendaba a Dios, y fervorosamente, cada día al rezar el rosario.

De nuestro don Manuel me acuerdo como si fuese de cosa de ayer, siendo yo niña, a mis diez años, antes de que me llevaran al Colegio de Religiosas de la ciudad ca-

3. Obsérvese el oxímoron.

4. Novela del escritor italiano del siglo XVI Giulio Cesare della Croce, que gozó de gran popularidad en España a lo largo del XIX.

[b] Gracias a estos libros de su padre —observemos que «los únicos casi que había en la aldea» los trajo un forastero, su padre— y a la educación que recibió como resultado de la decisión de su hermano, Ángela es una mujer más culta que el resto de las del pueblo. Ninguna otra habría estado en condiciones de realizar esta confesión.

tedralicia de Renada. Tendría él, nuestro santo, entonces unos treinta y siete años. Era alto, delgado, erguido, llevaba la cabeza como nuestra Peña del Buitre lleva su cresta, y había en sus ojos toda la hondura azul de nuestro lago. Se llevaba las miradas de todos y tras ellas los corazones, y él al mirarnos parecía, traspasando la carne como un cristal, mirarnos al corazón. Todos le queríamos, pero sobre todo los niños.[5] ¡Qué cosas nos decía! Eran cosas, no palabras. Empezaba el pueblo a olerle la santidad; se sentía lleno y embriagado de su aroma. Entonces fue cuando mi hermano Lázaro, que estaba en América, de donde nos mandaba regularmente dinero con que vivíamos en decorosa holgura, hizo que mi madre me mandase al Colegio de Religiosas, a que se completara fuera de la aldea mi educación, y esto aunque a él, a Lázaro, no le hiciesen mucha gracia las monjas. «Pero como ahí —nos escribía— no hay hasta ahora, que yo sepa, colegios laicos y progresivos,[6] y menos para señoritas, hay que atenerse a lo que haya. Lo im-

5. La devoción del pueblo por su san Manuel siempre ha estado presente.

6. La Educación Progresiva es un movimiento pedagógico surgido en Estados Unidos a finales del siglo XIX, en oposición a la enseñanza tradicional, que considera que se aprende mejor a partir de experiencias de la vida real. Defiende, pues, el aprendizaje por descubrimiento y cooperativo a partir de los intereses y necesidades de los alumnos. Un movimiento, por tanto, con planteamientos semejantes a los de otros que se produjeron en la misma época en Europa, como la Escuela Moderna de Francisco Ferrer Guardia, el método Montessori o los principios krausistas que inspiraron la Institución Libre de Enseñanza.

portante es que Angelita se pula y que no siga entre esas zafias aldeanas».[7] Y entré en el colegio, pensando en un principio hacerme en él maestra, pero luego se me atragantó la pedagogía.

En el colegio conocí a niñas de la ciudad e intimé con algunas de ellas. Pero seguía atenta a las cosas y a las gentes de nuestra aldea, de la que recibía frecuentes noticias y tal vez alguna visita. Y hasta al colegio llegaba la fama de nuestro párroco, de quien empezaba a hablarse en la ciudad episcopal. Las monjas no hacían sino interrogarme respecto a él.

Desde muy niña alimenté, no sé bien cómo, curiosidades, preocupaciones e inquietudes, debidas, en parte al menos, a aquel revoltijo de libros de mi padre, y todo ello se me medró en el colegio, en el trato, sobre todo, con una compañera que se me aficionó desmedidamente y que unas veces me proponía que entrásemos juntas a la vez en un mismo convento, jurándonos, y hasta firmando el juramento con nuestra sangre, hermandad perpetua, y otras veces me hablaba, con los ojos semicerrados, de novios y de aventuras matrimoniales. Por cierto, que no he vuelto a saber de ella ni de su suerte. Y eso que cuando se hablaba de nuestro don Manuel, o cuando mi madre me decía algo de él en sus cartas —y era en casi

7. En España, la educación ha estado secularmente en manos de la Iglesia.

todas—, que yo leía a mi amiga, ésta exclamaba como en arrobo: «¡Qué suerte, chica, la de poder vivir cerca de un santo así, de un santo vivo, de carne y hueso, y poder besarle la mano! Cuando vuelvas a tu pueblo escríbeme mucho mucho y cuéntame de él».

Pasé en el colegio unos cinco años, que ahora se me pierden como un sueño de madrugada en la lejanía del recuerdo, y a los quince volví a mi Valverde de Lucerna. Ya toda ella era don Manuel; don Manuel con el lago y con la montaña.[c] Llegué ansiosa de conocerle, de ponerme bajo su protección, de que él me marcara el sendero de mi vida.

Decíase que había entrado en el seminario para hacerse cura, con el fin de atender a los hijos de una su hermana recién viuda, de servirles de padre;[8] que en el seminario se había distinguido por su agudeza mental y su talento y que había rechazado ofertas de brillante carrera eclesiástica porque él no quería ser sino de su Valverde de Lucerna, de su aldea perdida como un broche entre el lago y la montaña que se mira en él.

[c] El lago y la montaña adquieren valor simbólico, como iremos viendo según avancemos en la lectura. También lo tienen los nombres de los personajes; si más arriba hablábamos de Ángela, no olvidemos ahora que Manuel, el nombre del sacerdote, significa «Dios con nosotros». El apellido se explica por sí solo.

8. Nótese que san Manuel no ingresó en el seminario por vocación religiosa, sino impelido por la situación familiar.

¡Y cómo quería a los suyos! Su vida era arreglar matrimonios desavenidos, reducir a sus padres hijos indómitos o reducir los padres a sus hijos, y sobre todo consolar a los amargados y atediados y ayudar a todos a bien morir.[d]

Me acuerdo, entre otras cosas, de que al volver de la ciudad la desgraciada hija de la tía Rabona, que se había perdido y volvió, soltera y desahuciada, trayendo un hijito consigo, don Manuel no paró hasta que hizo que se casase con ella su antiguo novio Perote y reconociese como suya a la criaturita, diciéndole:

—Mira, da padre a este pobre crío que no le tiene más que en el cielo.

—¡Pero, don Manuel, si no es mía la culpa...!

—¡Quién lo sabe, hijo, quién lo sabe...!, y, sobre todo, no se trata de culpa.

Y hoy el pobre Perote, inválido, paralítico, tiene como báculo y consuelo de su vida al hijo aquel que, contagiado de la santidad de don Manuel, reconoció por suyo no siéndolo.

En la noche de San Juan, la más breve del año, solían y suelen acudir a nuestro lago todas las pobres mujerucas, y no pocos hombrecillos, que se creen poseídos, endemoniados, y que parece no son sino histéricos y a las veces epilépticos, y don Manuel emprendió la tarea de ha-

[d] San Manuel, siempre entregado al pueblo, se preocupa especialmente de aquellos que tienen un mayor riesgo de perder la fe.

cer él de lago, de piscina probática,[9] y tratar de aliviarles y si era posible de curarles. Y era tal la acción de su presencia, de sus miradas, y tal sobre todo la dulcísima autoridad de sus palabras y sobre todo de su voz —¡qué milagro de voz!—, que consiguió curaciones sorprendentes. Con lo que creció su fama, que atraía a nuestro lago y a él a todos los enfermos del contorno. Y alguna vez llegó una madre pidiéndole que hiciese un milagro en su hijo, a lo que contestó sonriendo tristemente:

—No tengo licencia del señor obispo para hacer milagros.

Le preocupaba, sobre todo, que anduviesen todos limpios. Si alguno llevaba un roto en su vestidura, le decía: «Anda a ver al sacristán, y que te remiende eso». El sacristán era sastre. Y cuando el día primero de año iba a felicitarle por ser el de su santo —su santo patrono era el mismo Jesús Nuestro Señor—, quería don Manuel que todos se le presentasen con camisa nueva, y al que no la tenía se la regalaba él mismo.

Por todos mostraba el mismo afecto, y si a algunos distinguía más con él era a los más desgraciados y a los que aparecían como más díscolos. Y como hubiera en el

9. Piscina de Bethesda, en Jerusalén, donde se lavaban los corderos antes de ser sacrificados. Era el lugar al que acudían los enfermos esperando la curación en sus aguas porque, dice el Evangelio de san Juan, de vez en cuando un ángel las agitaba y el primero en entrar en la piscina se curaba. Allí Jesucristo encontró a un hombre que llevaba treinta y ocho años paralítico y, diciéndole «levántate, toma tu camilla y anda», obró el milagro de su curación.

pueblo un pobre idiota de nacimiento, Blasillo el bobo, a éste es a quien más acariciaba y hasta llegó a enseñarle cosas que parecía milagro que las hubiese podido aprender. Y es que el pequeño rescoldo de inteligencia que aún quedaba en el bobo se le encendía en imitar, como un pobre mono, a su don Manuel.

Su maravilla era la voz, una voz divina, que hacía llorar. Cuando al oficiar en misa mayor o solemne entonaba el prefacio, estremecíase la iglesia y todos los que le oían sentíanse conmovidos en sus entrañas. Su canto, saliendo del templo, iba a quedarse dormido sobre el lago y al pie de la montaña. Y cuando en el sermón de Viernes Santo clamaba aquello de: «¡Dios mío, Dios mío!, ¿por qué me has abandonado?»,[10] pasaba por el pueblo todo un temblor hondo como por sobre las aguas del lago en días de cierzo de hostigo. Y era como si oyesen a Nuestro Señor Jesucristo mismo, como si la voz brotara de aquel viejo crucifijo a cuyos pies tantas generaciones de madres habían depositado sus congojas.[e] Como que una vez, al oírlo su madre, la de don Manuel, no pudo contenerse, y desde el suelo del templo, en que se sentaba, gritó: «¡Hijo mío!». Y fue un chaparrón de lágrimas entre todos. Creeríase que el grito maternal había brota-

10. Estas palabras son las últimas que Jesucristo pronunció en la cruz, según el Evangelio de san Mateo.

[e] Hemos visto que Manuel es «Dios con nosotros», es decir, Jesucristo. Vamos —y seguiremos— viendo varios ejemplos de paralelismos entre san Manuel y Jesucristo, como éste de las palabras del Viernes Santo.

do de la boca entreabierta de aquella Dolorosa[11] —el corazón traspasado por siete espadas— que había en una de las capillas del templo. Luego Blasillo el tonto iba repitiendo en tono patético por las callejas, y como en eco, el «¡Dios mío, Dios mío!, ¿por qué me has abandonado?», y de tal manera que al oírselo se les saltaban a todos las lágrimas, con gran regocijo del bobo por su triunfo imitativo.

Su acción sobre las gentes era tal que nadie se atrevía a mentir ante él, y todos, sin tener que ir al confesonario, se le confesaban. A tal punto que como hubiese una vez ocurrido un repugnante crimen en una aldea próxima, el juez, un insensato que conocía mal a don Manuel, le llamó y le dijo:

—A ver si usted, don Manuel, consigue que este bandido declare la verdad.

—¿Para que luego pueda castigársele? —replicó el santo varón—. No, señor juez, no; yo no saco a nadie una verdad que le lleve acaso a la muerte. Allá entre él y Dios... La justicia humana no me concierne. «No juzguéis para no ser juzgados», dijo Nuestro Señor.[12]

11. Es una de las advocaciones de la Virgen. Su fiesta se celebra el Viernes de Dolores, con el que se inicia la Semana de Pasión. A la Virgen de los Dolores se la representa con el corazón atravesado por siete puñales que simbolizan sus siete dolores: la profecía de Simeón, la persecución de Herodes y la huida a Egipto, la pérdida de Jesús en el templo durante tres días, el encuentro con su hijo cargando la cruz, la crucifixión y muerte de Jesús, el descendimiento de la cruz y la sepultura de Jesús.

12. En el sermón de la montaña. Evangelio de san Mateo.

—Pero es que yo, señor cura...

—Comprendido; dé usted, señor juez, al César lo que es del César, que yo daré a Dios lo que es de Dios.[13]

Y al salir, mirando fijamente al presunto reo, le dijo:

—Mira bien si Dios te ha perdonado, que es lo único que importa.

En el pueblo todos acudían a misa, aunque sólo fuese por oírle y por verle en el altar, donde parecía trasfigurarse, encendiéndosele el rostro. Había un santo ejercicio que introdujo en el culto popular y es que, reuniendo en el templo a todo el pueblo, hombres y mujeres, viejos y niños, unas mil personas, recitábamos al unísono, en una sola voz, el Credo: «Creo en Dios Padre Todopoderoso, Creador del Cielo y de la Tierra...» y lo que sigue. Y no era un coro, sino una sola voz, una voz simple y unida, fundidas todas en una y haciendo como una montaña, cuya cumbre, perdida a las veces en nubes, era don Manuel. Y al llegar a lo de «creo en la resurrección de la carne y la vida perdurable», la voz de don Manuel se zambullía, como en un lago, en la del pueblo todo, y era que él se callaba.[f] Y yo oía las campanadas de la villa

13. Referencia a la respuesta de Jesús a los fariseos, recogida en los evangelios de Lucas, Marcos y Mateo.

[f] Veremos más adelante, cuando se nos revele «el secreto de nuestro santo», la trascendencia de este silencio de san Manuel al llegar, en el rezo del Credo, al verso que afirma la fe en la resurrección de los muertos y en la vida eterna.

que se dice aquí que está sumergida en el lecho del lago —campanadas que se dice también se oyen la noche de San Juan— y eran las de la villa sumergida en el lago espiritual de nuestro pueblo; oía la voz de nuestros muertos que en nosotros resucitaban en la comunión de los santos.[14] Después, al llegar a conocer el secreto de nuestro santo, he comprendido que era como si a una caravana en marcha por el desierto, desfallecido el caudillo al acercarse al término de su carrera, le tomaran en hombros los suyos para meter su cuerpo sin vida en la tierra de promisión.

Los más no querían morirse sino cogidos de su mano como de un ancla.

Jamás en sus sermones se ponía a declamar contra impíos, masones, liberales o herejes. ¿Para qué, si no los había en la aldea? Ni menos contra la mala prensa. En cambio, uno de los más frecuentes temas de sus sermones era contra la mala lengua. Porque él lo disculpaba todo y a todos disculpaba. No quería creer en la mala intención de nadie.

—La envidia —gustaba repetir— la mantienen los que se empeñan en creerse envidiados, y las más de las persecuciones son efecto más de la manía persecutoria que no de la perseguidora.

—Pero fíjese, don Manuel, en lo que me ha querido decir...

14. Mediante la comunión de los santos, vivos, muertos y santos, unidos espiritualmente en Cristo, se ayudan mutuamente con sus rezos.

Y él:

—No debe importarnos tanto lo que uno quiera decir como lo que diga sin querer…

Su vida era activa y no contemplativa, huyendo cuanto podía de no tener nada que hacer. Cuando oía eso de que la ociosidad es la madre de todos los vicios, contestaba: «Y del peor de todos, que es el pensar ocioso». Y como yo le preguntara una vez qué es lo que con eso quería decir, me contestó: «Pensar ocioso es pensar para no hacer nada o pensar demasiado en lo que se ha hecho y no en lo que hay que hacer. A lo hecho pecho, y a otra cosa, que no hay peor que remordimiento sin enmienda». ¡Hacer!, ¡hacer! Bien comprendí yo ya desde entonces que don Manuel huía de pensar ocioso y a solas, que algún pensamiento le perseguía.[g]

Así es que estaba siempre ocupado, y no pocas veces en inventar ocupaciones. Escribía muy poco para sí, de tal modo que apenas nos ha dejado escritos o notas; mas en cambio hacía de memorialista para los demás, y a las madres, sobre todo, les redactaba las cartas para sus hijos ausentes.[h]

Trabajaba también manualmente, ayudando con sus brazos a ciertas labores del pueblo. En la temporada de trilla íbase a la era a trillar y aventar, y en tanto les alec-

[g] Veíamos antes que san Manuel guarda un secreto, y ahora, que hace lo posible por estar ocupado y no tener tiempo para pensar porque algo le atormenta.

[h] San Manuel no dejó notas, de manera que Ángela no puede basar su relato en el testimonio del propio protagonista.

cionaba o les distraía. Sustituía a las veces a algún enfermo en su tarea. Un día del más crudo invierno se encontró con un niño, muertito de frío, a quien su padre le enviaba a recoger una res a larga distancia, en el monte.

—Mira —le dijo al niño— vuélvete a casa, a calentarte, y dile a tu padre que yo voy a hacer el encargo.

Y al volver con la res se encontró con el padre, todo confuso, que iba a su encuentro. En invierno partía leña para los pobres. Cuando se secó aquel magnífico nogal —«un nogal matriarcal» le llamaba—, a cuya sombra había jugado de niño y con cuyas nueces se había durante tantos años regalado, pidió el tronco, se lo llevó a su casa y después de labrar en él seis tablas, que guardaba al pie de su lecho, hizo del resto leña para calentar a los pobres. Solía hacer también las pelotas para que jugaran los mozos y no pocos juguetes para los niños.

Solía acompañar al médico en su visita, y recalcaba las prescripciones de éste. Se interesaba sobre todo en los embarazos y en la crianza de los niños, y estimaba como una de las mayores blasfemias aquello de «¡teta y gloria!» y lo otro de «angelitos al cielo». Le conmovía profundamente la muerte de los niños.

—Un niño que nace muerto o que se muere recién nacido y un suicidio —me dijo una vez— son para mí de los más terribles misterios: ¡un niño en cruz!

Y como una vez, por haberse quitado uno la vida, le

preguntara el padre del suicida, un forastero,[i] si le daría tierra sagrada, le contestó:

—Seguramente, pues en el último momento, en el segundo de la agonía, se arrepintió sin duda alguna.

Iba también a menudo a la escuela a ayudar al maestro, a enseñar con él, y no sólo el catecismo. Y es que huía de la ociosidad y de la soledad. De tal modo que, por estar con el pueblo, y sobre todo con el mocerío y la chiquillería, solía ir al baile. Y más de una vez se puso en él a tocar el tamboril para que los mozos y las mozas bailasen, y esto, que en otro hubiera parecido grotesca profanación del sacerdocio, en él tomaba un sagrado carácter y como de rito religioso. Sonaba el ángelus, dejaba el tamboril y el palillo, se descubría y todos con él, y rezaba: «El ángel del Señor anunció a María: Ave María...». Y luego:

—Y ahora, a descansar para mañana.

—Lo primero —decía— es que el pueblo esté contento, que estén todos contentos de vivir. El contentamiento de vivir es lo primero de todo. Nadie debe querer morirse hasta que Dios quiera.

—Pues yo sí —le dijo una vez una recién viuda—, yo quiero seguir a mi marido...

[i] Si antes se producía «un repugnante crimen» en una aldea próxima, ahora el suicida es un forastero. Nunca nadie del pueblo, nunca en el pueblo.

—¿Y para qué? —le respondió—. Quédate aquí para encomendar su alma a Dios.

En una boda dijo una vez: «¡Ay, si pudiese cambiar el agua toda de nuestro lago en vino, en un vinillo que por mucho que de él se bebiera alegrara siempre sin emborrachar nunca... o por lo menos con una borrachera alegre!».[15]

Una vez pasó por el pueblo una banda de pobres titiriteros. El jefe de ella, que llegó con la mujer gravemente enferma y embarazada, y con tres hijos que le ayudaban, hacía de payaso. Mientras él estaba, en la plaza del pueblo, haciendo reír a los niños y aun a los grandes, ella, sintiéndose de pronto gravemente indispuesta, se tuvo que retirar y se retiró escoltada por una mirada de congoja del payaso y una risotada de los niños. Y escoltada por don Manuel, que luego, en un rincón de la cuadra de la posada, le ayudó a bien morir. Y cuando, acabada la fiesta, supo el pueblo y supo el payaso la tragedia, fuéronse todos a la posada y el pobre hombre, diciendo con llanto en la voz: «Bien se dice, señor cura, que es usted todo un santo», se acercó a éste queriendo tomarle la mano para besársela, pero don Manuel se adelantó y tomándosela al payaso pronunció ante todos:

—El santo eres tú, honrado payaso; te vi trabajar y

15. Un nuevo paralelismo entre san Manuel y Jesucristo; estas palabras recuerdan el milagro de las bodas de Caná, en las que Jesús convirtió el agua en vino.

comprendí que no sólo lo haces para dar pan a tus hijos, sino también para dar alegría a los de los otros, y yo te digo que tu mujer, la madre de tus hijos, a quien he despedido a Dios mientras trabajabas y alegrabas, descansa en el Señor; y que tú irás a juntarte con ella y a que te paguen riendo los ángeles a los que haces reír en el cielo de contento.[j]

Y todos, niños y grandes, lloraban y lloraban tanto de pena como de un misterioso contento en que la pena se ahogaba. Y más tarde, recordando aquel solemne rato, he comprendido que la alegría imperturbable de don Manuel era la forma temporal y terrena de una infinita y eterna tristeza que con heroica santidad recataba a los ojos y los oídos de los demás.

Con aquella su constante actividad, con aquel mezclarse en las tareas y las diversiones de todos, parecía querer huir de sí mismo, querer huir de su soledad. «Le temo a la soledad», repetía.[k] Mas aun así, de vez en cuando se iba solo, orilla del lago, a las ruinas de aquella vieja abadía donde aún parecen reposar las almas de los piadosos

[j] Es importante este episodio del payaso, que, como san Manuel, dedica su vida a hacer felices a los demás.

[k] Algo tendrán que ver con el secreto y el tormento de san Manuel —de heroica santidad habla ahora Ángela— esta alegría imperturbable, temporal y terrena y esta infinita y eterna tristeza. Y la huida de la soledad se relaciona, lógicamente, con la intención de estar siempre ocupado y no tener tiempo para pensar.

cistercienses a quienes ha sepultado en el olvido la Historia. Allí está la celda del llamado Padre Capitán, y en sus paredes se dice que aún quedan señales de las gotas de sangre con que las salpicó al mortificarse. ¿Qué pensaría allí nuestro don Manuel? Lo que sí recuerdo es que como una vez, hablando de la abadía, le preguntase yo cómo era que no se le había ocurrido ir al claustro, me contestó:

—No es sobre todo porque tenga, como tengo, mi hermana viuda y mis sobrinos a quienes sostener, que Dios ayuda a sus pobres, sino porque yo no nací para ermitaño, para anacoreta; la soledad me mataría el alma, y en cuanto a un monasterio, mi monasterio es Valverde de Lucerna. Yo no debo vivir solo; yo no debo morir solo. Debo vivir para mi pueblo, morir para mi pueblo. ¿Cómo voy a salvar mi alma si no salvo la de mi pueblo?

—Pero es que ha habido santos ermitaños, solitarios... —le dije.

—Sí, a ellos les dio el Señor la gracia de soledad que a mí me ha negado, y tengo que resignarme. Yo no puedo perder a mi pueblo para ganarme el alma. Así me ha hecho Dios. Yo no podría soportar las tentaciones del desierto. Yo no podría llevar solo la cruz del nacimiento.

He querido con estos recuerdos, de los que vive mi fe, retratar a nuestro don Manuel tal como era cuando yo, mocita de cerca de dieciséis años, volví del Colegio de Religiosas de Renada a nuestro monasterio de Valverde de Lucerna. Y volví a ponerme a los pies de su abad.

—¡Hola, la hija de la Simona[1] —me dijo en cuanto me vio—, y hecha ya toda una moza, y sabiendo francés, y bordar y tocar el piano y qué sé yo qué más! Ahora a prepararte para darnos otra familia. Y tu hermano Lázaro, ¿cuándo vuelve? Sigue en el Nuevo Mundo, ¿no es así?

—Sí, señor, sigue en América...

—¡El Nuevo Mundo! Y nosotros en el Viejo. Pues bueno, cuando le escribas, dile de mi parte, de parte del cura, que estoy deseando saber cuándo vuelve del Nuevo Mundo a este viejo; trayéndonos las novedades de por allá. Y dile que encontrará al lago y a la montaña como les dejó.[16]

Cuando me fui a confesar con él, mi turbación era tanta que no acertaba a articular palabra. Recé el «yo pecadora» balbuciendo, casi sollozando. Y él, que lo observó, me dijo:

—Pero ¿qué te pasa, corderilla? ¿De qué o de quién tienes miedo? Porque tú no tiemblas ahora al peso de tus

[1] También Simona, el nombre de la madre de Ángela, es simbólico, pues hace referencia a Simón, es decir, san Pedro, el primero de los apóstoles y de los discípulos de Jesús.

16. El Nuevo Mundo en el que se encuentra Lázaro no es solo América, es también simbólico; frente al Viejo en el que todo sigue como estaba, el Nuevo Mundo es el de la cultura y las ideas progresistas que sostiene Lázaro.

pecados ni por temor de Dios, no; tú tiemblas de mí, ¿no es eso?

Me eché a llorar.

—Pero ¿qué es lo que te han dicho de mí? ¿Qué leyendas son ésas? ¿Acaso tu madre? Vamos, vamos, cálmate y haz cuenta que estás hablando con tu hermano...

Me animé y empecé a confiarle mis inquietudes, mis dudas, mis tristezas.

—¡Bah, bah, bah! ¿Y dónde has leído eso, marisabidilla? Todo eso es literatura. No te des demasiado a ella, ni siquiera a Santa Teresa. Y si quieres distraerte, lee el *Bertoldo* que leía tu padre.

Salí de aquella mi primera confesión con el santo hombre profundamente consolada. Y aquel mi temor primero, aquel más que respeto miedo, con que me acerqué a él, trocose en una lástima profunda. Era yo entonces una mocita, una niña casi; pero empezaba a ser mujer, sentía en mis entrañas el jugo de la maternidad, y, al encontrarme en el confesonario junto al santo varón, sentí como una callada confesión suya en el susurro sumiso de su voz y recordé cómo cuando, al clamar él en la iglesia las palabras de Jesucristo: «¡Dios mío, Dios mío!, ¿por qué me has abandonado?», su madre, la de don Manuel, respondió desde el suelo: «¡Hijo mío!», y oí este grito que desgarraba la quietud del templo. Y volví a confesarme con él para consolarle.

Una vez que en el confesonario le expuse una de aquellas dudas, me contestó:

—A eso, ya sabes, lo del Catecismo: «Eso no me lo preguntéis a mí, que soy ignorante; doctores tiene la Santa Madre Iglesia que os sabrán responder».

—¡Pero si el doctor aquí es usted, don Manuel...!

—¿Yo, yo doctor?, ¿doctor yo? ¡Ni por pienso! Yo, doctorcilla, no soy más que un pobre cura de aldea. Y esas preguntas, ¿sabes quién te las insinúa, quién te las dirige? Pues... ¡el Demonio!

Y entonces, envalentonándome, le espeté a boca de jarro:

—¿Y si se las dirigiese a usted, don Manuel?

—¿A quién?, ¿a mí? ¿Y el Demonio? No nos conocemos, hija, no nos conocemos.

—¿Y si se las dirigiera?

—No le haría caso. Y basta, ¿eh?, despachemos, que me están esperando unos enfermos de verdad.

Me retiré, pensando, no sé por qué, que nuestro don Manuel, tan afamado curandero de endemoniadas, no creía en el Demonio. Y al irme hacia mi casa topé con Blasillo, el bobo, que acaso rondaba el templo, y que al verme, para agasajarme con sus habilidades, repitió —¡y de qué modo!— lo de «¡Dios mío, Dios mío!, ¿por qué me has abandonado?». Llegué a casa acongojadísima y me encerré en mi cuarto para llorar, hasta que llegó mi madre.

—Me parece, Angelita, con tantas confesiones, que tú te me vas a ir monja.

—No lo tema, madre —le contesté—, pues tengo harto que hacer aquí, en el pueblo, que es mi convento.

—Hasta que te cases.

—No pienso en ello —le repliqué.

Y otra vez que me encontré con don Manuel, le pregunté, mirándole derechamente a los ojos:

—¿Es que hay Infierno, don Manuel?

Y él, sin inmutarse:

—¿Para ti, hija? No.

—¿Y para los otros, lo hay?

—¿Y a ti qué te importa, si no has de ir a él?

—Me importa por los otros. ¿Lo hay?

—Cree en el cielo, en el cielo que vemos. Míralo. —Y me lo mostraba sobre la montaña y abajo, reflejado en el lago.

—Pero hay que creer en el Infierno, como en el Cielo —le repliqué.

—Sí, hay que creer todo lo que cree y enseña a creer la Santa Madre Iglesia Católica, Apostólica, Romana. ¡Y basta![m]

Leí no sé qué honda tristeza en sus ojos, azules como las aguas del lago.[n]

[m] San Manuel evita profundizar acerca de en qué hay que creer.

[n] Hasta aquí una primera parte de la confesión de Ángela. A través de sus recuerdos de una época ya lejana, la de su niñez, hemos podido conocer a san Manuel, su dedicación plena al pueblo, la devoción del pueblo hacia él... Conviene notar también que los mil habitantes del pueblo han aparecido siempre como masa y con una sola voz. Solo uno ha sido individualizado: Blasillo, el bobo, que imita, como un mono, a san Manuel.

Aquellos años pasaron como un sueño.[ñ] La imagen de don Manuel iba creciendo en mí sin que yo de ello me diese cuenta, pues era un varón tan cotidiano, tan de cada día como el pan que a diario pedimos en el padrenuestro. Yo le ayudaba cuanto podía en sus menesteres, visitaba a sus enfermos, a nuestros enfermos, a las niñas de la escuela, arreglaba el ropero de la iglesia, le hacía, como me llamaba él, de diaconisa. Fui unos días, invitada por una compañera de colegio, a la ciudad, y tuve que volverme, pues en la ciudad me ahogaba, me faltaba algo, sentía sed de la vista de las aguas del lago, hambre de la vista de las peñas de la montaña; sentía, sobre todo, la falta de mi don Manuel y como si su ausencia me llamara, como si corriese un peligro lejos de mí, como si me necesitara. Empezaba yo a sentir una especie de afecto maternal hacia mi padre espiritual; quería aliviarle del peso de su cruz del nacimiento.

Así fui llegando a mis veinticuatro años, que es cuando volvió de América, con un caudalillo ahorrado, mi hermano Lázaro. Llegó acá, a Valverde de Lucerna, con el

[ñ] Brevemente resume Ángela los ocho años de su juventud que transcurren desde su vuelta del colegio al pueblo, a los dieciséis, hasta el regreso de su hermano Lázaro del Nuevo Mundo cuando ella tiene veinticuatro: suficiente para que comprendamos la relación que se establece entre ella y san Manuel. Este ejerce sobre ella la misma atracción, digamos, hipnótica que sobre el resto del pueblo. Aunque con un matiz: ella descubre en él una «honda tristeza» e intuye algunas de sus atormentadas preocupaciones.

propósito de llevarnos a mí y a nuestra madre a vivir a la ciudad, acaso a Madrid.

—En la aldea —decía— se entontece, se embrutece y se empobrece uno.

Y añadía:

—Civilización es lo contrario de ruralización;[17] ¡aldeanerías, no!, que no hice que fueras al colegio para que te pudras luego aquí, entre estos zafios patanes.

Yo callaba, aun dispuesta a resistir la emigración; pero nuestra madre, que pasaba ya de la sesentena, se opuso desde un principio. «¡A mi edad, cambiar de aguas!», dijo primero; mas luego dio a conocer claramente que ella no podría vivir fuera de la vista de su lago, de su montaña, y sobre todo de su don Manuel.

—¡Sois como las gatas, que os apegáis a la casa! —repetía mi hermano.

Cuando se percató de todo el imperio que sobre el pueblo todo y en especial sobre nosotras, sobre mi madre y sobre mí, ejercía el santo varón evangélico, se irritó contra éste. Le pareció un ejemplo de la oscura teocracia en que él suponía hundida a España. Y empezó a barbotar sin descanso todos los viejos lugares comunes anticlericales y hasta antirreligiosos y progresistas que había traído renovados del Nuevo Mundo.

—En esta España de calzonazos —decía—, los curas

17. Juego de palabras muy del gusto de Unamuno, que dijo también, en *Vida de don Quijote y Sancho* (1905), que había que europeizar España y españolizar Europa y que «cabe militarizar a un civil pero es casi imposible civilizar a un militar».

manejan a las mujeres y las mujeres a los hombres..., ¡y luego el campo!, ¡el campo!, este campo feudal...

Para él feudal era un término pavoroso; feudal y medieval eran los dos calificativos que prodigaba cuando quería condenar algo.

Le desconcertaba el ningún efecto que sobre nosotras hacían sus diatribas y el casi ningún efecto que hacían en el pueblo, donde se le oía con respetuosa indiferencia. «A estos patanes no hay quien les conmueva». Pero como era bueno por ser inteligente, pronto se dio cuenta de la clase de imperio que don Manuel ejercía sobre el pueblo, pronto se enteró de la obra del cura de su aldea.

—¡No, no es como los otros —decía—, es un santo!

—Pero ¿tú sabes cómo son los otros curas? —le decía yo, y él:

—Me lo figuro.

Mas aun así ni entraba en la iglesia ni dejaba de hacer alarde en todas partes de su incredulidad, aunque procurando siempre dejar a salvo a don Manuel. Y ya en el pueblo se fue formando, no sé cómo, una expectativa, la de una especie de duelo entre mi hermano Lázaro y don Manuel, o más bien se esperaba la conversión de aquél por éste. Nadie dudaba de que al cabo el párroco le llevaría a su parroquia. Lázaro, por su parte, ardía en deseos —me lo dijo luego— de ir a oír a don Manuel, de verle y oírle en la iglesia, de acercarse a él y con él conversar, de conocer el secreto de aquel su imperio espiritual sobre las almas. Y se hacía de rogar para ello, hasta que, al fin, por curiosidad —decía—, fue a oírle.

—Sí, esto es otra cosa —me dijo luego de haberle oído—, no es como los otros, pero a mí no me la da; es demasiado inteligente para creer todo lo que tiene que enseñar.[18]

—Pero ¿es que le crees un hipócrita? —le dije.

—¡Hipócrita... no!, pero es el oficio del que tiene que vivir.

En cuanto a mí, mi hermano se empeñaba en que yo leyese de libros que él trajo y de otros que me incitaba a comprar.

—¿Conque tu hermano Lázaro —me decía don Manuel— se empeña en que leas? Pues lee, hija mía, lee y dale así gusto. Sé que no has de leer sino cosa buena; lee aunque sea novelas. No son mejores las historias que llaman verdaderas. Vale más que leas que no el que te alimentes de chismes y comadrerías del pueblo. Pero lee sobre todo libros de piedad que te den contento de vivir, un contento apacible y silencioso.

¿Le tenía él?[19]

Por entonces enfermó de muerte y se nos murió nuestra madre, y en sus últimos días todo su hipo era que don Manuel convirtiese a Lázaro, a quien esperaba volver a ver un día en el cielo, en un rincón de las estrellas desde

18. ¿Está Lázaro intuyendo el secreto de san Manuel?

19. Es constante la preocupación de san Manuel por la felicidad de las gentes del pueblo. También ha mostrado ya Ángela en alguna ocasión sus dudas sobre la felicidad de san Manuel, al que considera más bien atormentado y triste.

donde se viese el lago y la montaña de Valverde de Lucerna. Ella se iba ya, a ver a Dios.

—Usted no se va —le decía don Manuel—, usted se queda. Su cuerpo aquí, en esta tierra, y su alma también aquí, en esta casa, viendo y oyendo a sus hijos, aunque éstos ni la vean ni la oigan.

—Pero yo, padre —dijo—, voy a ver a Dios.

—Dios, hija mía, está aquí como en todas partes, y le verá usted desde aquí, desde aquí. Ya todos nosotros en Él, y a Él en nosotros.

—Dios se lo pague —le dije.

—El contento con que tu madre se muera —me dijo— será su eterna vida.

Y volviéndose a mi hermano Lázaro:

—Su cielo es seguir viéndote, y ahora es cuando hay que salvarla. Dile que rezarás por ella.

—Pero...

—¿Pero...? Dile que rezarás por ella, a quien debes la vida, y sé que una vez que se lo prometas rezarás, y sé que luego que reces...

Mi hermano, acercándose, arrasados sus ojos en lágrimas, a nuestra madre agonizante, le prometió solemnemente rezar por ella.

—Y yo en el cielo por ti, por vosotros —respondió mi madre, y besando el crucifijo y puestos sus ojos en los de don Manuel, entregó su alma a Dios.[o]

[o] Este episodio de la muerte de Simona es decisivo en la relación entre Lázaro y san Manuel.

—«¡En tus manos encomiendo mi espíritu!»[20] —rezó el santo varón.

Quedamos mi hermano y yo solos en la casa. Lo que pasó en la muerte de nuestra madre puso a Lázaro en relación con don Manuel, que pareció descuidar algo a sus demás pacientes, a sus demás menesterosos, para atender a mi hermano. Íbanse por las tardes de paseo, orilla del lago, o hacia las ruinas, vestidas de hiedra, de la vieja abadía de cistercienses.

—Es un hombre maravilloso —me decía Lázaro—. Ya sabes que dicen que en el fondo de este lago hay una villa sumergida y que en la noche de San Juan, a las doce, se oyen las campanadas de su iglesia.

—Sí —le contestaba yo—, una villa feudal y medieval...[21]

—Y creo —añadía él— que en el fondo del alma de nuestro don Manuel hay también sumergida, ahogada, una villa y que alguna vez se oyen sus campanadas.

—Sí —le dije—, esa villa sumergida en el alma de don Manuel, ¿y por qué no también en la tuya?, es el cementerio de las almas de nuestros abuelos, los de esta nuestra Valverde de Lucerna...,[22] ¡feudal y medieval!

20. Estas fueron las últimas palabras que pronunció Cristo en la cruz antes de morir, según el Evangelio de san Lucas.

21. Obsérvese la ironía de las palabras de Ángela.

22. Aparece aquí el concepto unamuniano de «intrahistoria» —*En torno al casticismo* (1895)—: la vida cotidiana de las generaciones anteriores, de

Acabó mi hermano por ir a misa siempre, a oír a don Manuel, y cuando se dijo que cumpliría con la parroquia, que comulgaría cuando los demás comulgasen, recorrió un íntimo regocijo al pueblo todo, que creyó haberle recobrado. Pero fue un regocijo tal, tan limpio, que Lázaro no se sintió ni vencido ni disminuido.

Y llegó el día de su comunión, ante el pueblo todo, con el pueblo todo. Cuando llegó la vez a mi hermano pude ver que don Manuel, tan blanco como la nieve de enero en la montaña y temblando como tiembla el lago cuando le hostiga el cierzo, se le acercó con la sagrada forma en la mano, y de tal modo le temblaba ésta al arrimarla a la boca de Lázaro que se le cayó la forma al tiempo que le daba un vahído. Y fue mi hermano mismo quien recogió la hostia y se la llevó a la boca. Y el pueblo, al ver llorar a don Manuel, lloró diciéndose: «¡Cómo le quiere!».[23] Y entonces, pues era la madrugada, cantó un gallo.[24]

---

las personas anónimas, marca el presente y explica mucho mejor la historia que los grandes acontecimientos y los grandes personajes. Para conocer la intrahistoria hay que observar la relación entre el espíritu del pueblo y el paisaje. He aquí la importancia del lago y la montaña en la novela.

23. Estas palabras pronunciaron los que vieron llorar a Jesús ante Lázaro muerto, antes de que le resucitara.

24. Recordemos que, tras la detención de Jesús, Pedro negó tres veces conocerle antes de que cantara el gallo, como aquel preconizó. Ahora, Lázaro ha renegado de su racionalidad.

Al volver a casa y encerrarme en ella con mi hermano, le eché los brazos al cuello y besándole le dije:

—Ay, Lázaro, Lázaro, qué alegría nos has dado a todos, a todos, a todo el pueblo, a todo, a los vivos y a los muertos[25] y sobre todo a mamá, a nuestra madre. ¿Viste? El pobre don Manuel lloraba de alegría. ¡Qué alegría nos has dado a todos!

—Por eso lo he hecho[P] —me contestó.

—¿Por eso? ¿Por darnos alegría? Lo habrás hecho ante todo por ti mismo, por conversión.

Y entonces Lázaro, mi hermano, tan pálido y tan tembloroso como don Manuel cuando le dio la comunión, me hizo sentarme, en el sillón mismo donde solía sentarse nuestra madre, tomó huelgo,[26] y luego, como en íntima confesión doméstica y familiar, me dijo:

—Mira, Angelita, ha llegado la hora de decirte la verdad, toda la verdad, y te la voy a decir, porque debo decírtela, porque a ti no puedo, no debo callártela y porque además habrías de adivinarla, y a medias, que es lo peor, más tarde o más temprano.

Y entonces, serena y tranquilamente, a media voz, me

25. Ya hemos hablado antes de la unión de vivos y muertos en un único pueblo solidario.

P También el nombre de Lázaro es simbólico: Jesús se alojó en casa de Lázaro en tres ocasiones. En el Evangelio según san Juan podemos leer que, a su muerte, Jesús le resucitó. Asistimos ahora a la conversión de Lázaro, a su resurrección a la fe —al menos ante los ojos del pueblo—.

26. *Tomar huelgo*: descansar para tomar aire.

contó una historia que me sumergió en un lago de tristeza. Cómo don Manuel le había venido trabajando, sobre todo en aquellos paseos a las ruinas de la vieja abadía cisterciense, para que no escandalizase, para que diese buen ejemplo, para que se incorporase a la vida religiosa del pueblo, para que fingiese creer si no creía, para que ocultase sus ideas al respecto, mas sin intentar siquiera catequizarle, convertirle de otra manera.

—Pero ¿es eso posible? —exclamé, consternada.

—¡Y tan posible, hermana, y tan posible! Y cuando yo le decía: «Pero ¿es usted, usted, el sacerdote, el que me aconseja que finja?», él, balbuciente: «¿Fingir?, ¡fingir no!, ¡eso no es fingir! Toma agua bendita, que dijo alguien, y acabarás creyendo». Y como yo, mirándole a los ojos, le dijese: «¿Y usted celebrando misa ha acabado por creer?», él bajó la mirada al lago y se le llenaron los ojos de lágrimas. Y así es como le arranqué su secreto.

—¡Lázaro! —gemí.

Y en aquel momento pasó por la calle Blasillo, el bobo, clamando su: «¡Dios mío, Dios mío!, ¿por qué me has abandonado?». Y Lázaro se estremeció creyendo oír la voz de don Manuel, acaso la de Nuestro Señor Jesucristo.[9]

[9] Estamos en un momento culminante de la novela: la «conversión» de Lázaro ante todo el pueblo y la confesión de Lázaro a Ángela, que desvela el secreto de san Manuel —en el que radica su santidad—, que Lázaro ha llegado a comprender y que los dos hermanos compartirán a partir de ahora velando por que nadie más lo conozca.

—Entonces —prosiguió mi hermano—, comprendí sus móviles y con esto comprendí su santidad; porque es un santo, hermana, todo un santo. No trataba al emprender ganarme para su santa causa —porque es una causa santa, santísima— arrogarse un triunfo, sino que lo hacía por la paz, por la felicidad, por la ilusión si quieres, de los que le están encomendados; comprendí que si les engaña así —si es que esto es engaño— no es por medrar. Me rendí a sus razones, y he aquí mi conversión. Y no me olvidaré jamás del día en que diciéndole yo: «Pero, don Manuel, la verdad, la verdad ante todo», él, temblando, me susurró al oído —y eso que estábamos solos en medio del campo—: «¿La verdad? La verdad, Lázaro, es acaso algo terrible, algo intolerable, algo mortal; la gente sencilla no podría vivir con ella». «¿Y por qué me la deja entrever ahora aquí, como en confesión?», le dije. Y él: «Porque si no me atormentaría tanto, tanto, que acabaría gritándola en medio de la plaza, y eso jamás, jamás, jamás. Yo estoy para hacer vivir a las almas de mis feligreses, para hacerles felices, para hacerles que se sueñen inmortales y no para matarles. Lo que aquí hace falta es que vivan sanamente, que vivan en unanimidad de sentido, y con la verdad, con mi verdad, no vivirían. Que vivan. Y esto hace la Iglesia, hacerles vivir. ¿Religión verdadera? Todas las religiones son verdaderas en cuanto

---

La importancia del momento se redobla con la intervención, dramática y teatral, de coro trágico, de Blasillo gritando el «¡Dios mío, Dios mío!, ¿por qué me has abandonado?».

hacen vivir espiritualmente a los pueblos que las profesan, en cuanto les consuelan de haber tenido que nacer para morir, y para cada pueblo la religión más verdadera es la suya, la que le ha hecho. ¿Y la mía? La mía es consolarme en consolar a los demás, aunque el consuelo que les doy no sea el mío». Jamás olvidaré estas sus palabras.[27]

—¡Pero esa comunión tuya ha sido un sacrilegio! —me atreví a insinuar, arrepintiéndome al punto de haberlo insinuado.

—¿Sacrilegio? ¿Y él que me la dio? ¿Y sus misas?

—¡Qué martirio![r] —exclamé.

—Y ahora —añadió mi hermano— hay otro más para consolar al pueblo.

—¿Para engañarle? —dije.

—Para engañarle no —me replicó—, sino para corroborarle en su fe.

27. Otro concepto unamuniano: «el sentimiento trágico de la vida», que aparece en muchas de sus obras y específicamente en *Del sentimiento trágico de la vida en los hombres y en los pueblos* (1912). El deseo fundamental del ser humano es la inmortalidad; sin embargo, ha nacido para morir y eso es una verdad insufrible para la gente. La razón nos niega ese deseo; nace de ahí ese sentimiento angustioso, trágico, de la vida que es tema fundamental en la obra de Unamuno. Para ser feliz, el ser humano debe vivir como si fuera verdad lo que necesita creer: que hay otra vida tras la muerte. Ese es el papel consolador de las religiones y esa es la labor en la que san Manuel está empeñado; hacer feliz al pueblo, para lo que es necesario mantenerle, en el sueño, alejado de la verdad. Que el hombre nace para morir, que es un «ser para la muerte» es una idea fundamental del existencialismo.

[r] Junto a Ángela, comprendemos ahora la santidad y el martirio de san Manuel.

—Y él, el pueblo —dije—, ¿cree de veras?

—¡Qué sé yo...! Cree sin querer, por hábito, por tradición. Y lo que hace falta es no despertarle. Y que viva en su pobreza de sentimientos para que no adquiera torturas de lujo. ¡Bienaventurados los pobres de espíritu!

—Eso, hermano, lo has aprendido de don Manuel. Y ahora, dime, ¿has cumplido aquello que le prometiste a nuestra madre cuando ella se nos iba a morir, aquello de que rezarías por ella?

—¡Pues no se lo había de cumplir! Pero ¿por quién me has tomado, hermana? ¿Me crees capaz de faltar a mi palabra, a una promesa solemne, y a una promesa hecha, y en el lecho de muerte, a una madre?

—¡Qué sé yo...! Pudiste querer engañarla para que muriese consolada.

—Es que si yo no hubiese cumplido la promesa viviría sin consuelo.

—¿Entonces?

—Cumplí la promesa y no he dejado de rezar ni un solo día por ella.

—¿Sólo por ella?

—Pues, ¿por quién más?

—¡Por ti mismo! Y de ahora en adelante, por don Manuel.

Nos separamos para irnos cada uno a su cuarto, yo a llorar toda la noche, a pedir por la conversión de mi hermano y de don Manuel, y él, Lázaro, no sé bien a qué.

Después de aquel día temblaba yo de encontrarme a solas con don Manuel, a quien seguía asistiendo en sus piadosos menesteres. Y él pareció percatarse de mi estado íntimo y adivinar su causa. Y cuando al fin me acerqué a él en el tribunal de la penitencia —¿quién era el juez y quién el reo?—, los dos, él y yo, doblamos en silencio la cabeza y nos pusimos a llorar. Y fue él, don Manuel, quien rompió el tremendo silencio para decirme con voz que parecía salir de una huesa:[28]

—Pero tú, Angelina, tú crees como a los diez años, ¿no es así? ¿Tú crees?

—Sí creo, padre.

—Pues sigue creyendo. Y si se te ocurren dudas, cállatelas a ti misma. Hay que vivir…

Me atreví, y toda temblorosa le dije:

—Pero usted, padre, ¿cree usted?

Vaciló un momento y reponiéndose me dijo:

—¡Creo!

—Pero ¿en qué, padre, en qué? ¿Cree usted en la otra vida?, ¿cree usted que al morir no nos morimos del todo?, ¿cree que volveremos a vernos, a querernos en otro mundo venidero?, ¿cree en la otra vida?

El pobre santo sollozaba.

—¡Mira, hija, dejemos eso![s]

Y ahora, al escribir esta memoria, me digo: ¿Por qué no me engañó?, ¿por qué no me engañó entonces como

28. *Huesa*: sepultura.

[s] Una vez más san Manuel evita hablar de sus creencias con Ángela.

engañaba a los demás? ¿Por qué se acongojó?, ¿porque no podía engañarse a sí mismo, o porque no podía engañarme? Y quiero creer que se acongojaba porque no podía engañarse para engañarme.

—Y ahora —añadió—, reza por mí, por tu hermano, por ti misma, por todos. Hay que vivir. Y hay que dar vida.

Y después de una pausa:

—¿Y por qué no te casas, Angelina?

—Ya sabe usted, padre mío, por qué.

—Pero no, no; tienes que casarte. Entre Lázaro y yo te buscaremos un novio. Porque a ti te conviene casarte para que se te curen esas preocupaciones.

—¿Preocupaciones, don Manuel?

—Yo sé bien lo que me digo. Y no te acongojes demasiado por los demás, que harto tiene cada cual con tener que responder de sí mismo.

—¡Y que sea usted, don Manuel, el que me diga eso!, ¡que sea usted el que me aconseje que me case para responder de mí y no acuitarme por los demás!, ¡que sea usted!

—Tienes razón, Angelina, no sé ya lo que me digo; no sé ya lo que me digo desde que estoy confesándome contigo. Y sí, sí, hay que vivir, hay que vivir.

Y cuando yo iba a levantarme para salir del templo, me dijo:

—Y ahora, Angelina, en nombre del pueblo, ¿me absuelves?[t]

[t] El martirio interior de san Manuel es tal que es él, el sacerdote, quien, cambiando los papeles, se confiesa y pide la absolución.

Me sentí como penetrada de un misterioso sacerdocio y le dije:

—En nombre de Dios Padre, Hijo y Espíritu Santo, le absuelvo, padre.

Y salimos de la iglesia, y al salir se me estremecían las entrañas maternales.

Mi hermano, puesto ya del todo al servicio de la obra de don Manuel, era su más asiduo colaborador y compañero. Les anudaba, además, el común secreto. Le acompañaba en sus visitas a los enfermos, a las escuelas, y ponía su dinero a disposición del santo varón. Y poco faltó para que no aprendiera a ayudarle a misa. E iba entrando cada vez más en el alma insondable de don Manuel.

—¡Qué hombre! —me decía—. Mira, ayer, paseando a orillas del lago, me dijo: «He ahí mi tentación mayor». Y como yo le interrogase con la mirada, añadió: «Mi pobre padre, que murió de cerca de noventa años, se pasó la vida, según me lo confesó él mismo, torturado por la tentación del suicidio, que le venía no recordaba desde cuándo, *de nación*,[29] decía, y defendiéndose de ella. Y esa defensa fue su vida. Para no sucumbir a tal tentación extremaba los cuidados por conservar la vida. Me contó escenas terribles. Me parecía como una locura. Y yo la he heredado. ¡Y cómo me llama esa agua que con su aparente quietud —la corriente va por dentro—

29. *De nación*: de nacimiento.

espeja al cielo! ¡Mi vida, Lázaro, es una especie de suicidio continuo, un combate contra el suicidio, que es igual; pero que vivan ellos, que vivan los nuestros!». Y luego añadió: «Aquí se remansa el río en lago, para luego, bajando a la meseta, precipitarse en cascadas, saltos y torrenteras por las hoces y encañadas, junto a la ciudad, y así se remansa la vida, aquí, en la aldea. Pero la tentación del suicidio es mayor aquí, junto al remanso que espeja de noche las estrellas, que no junto a las cascadas que dan miedo. Mira, Lázaro, he asistido a bien morir a pobres aldeanos, ignorantes, analfabetos que apenas si habían salido de la aldea, y he podido saber de sus labios, y cuando no adivinarlo, la verdadera causa de su enfermedad de muerte, y he podido mirar, allí, a la cabecera de su lecho de muerte, toda la negrura de la sima del tedio de vivir. ¡Mil veces peor que el hambre! Sigamos, pues, Lázaro, suicidándonos en nuestra obra y en nuestro pueblo, y que sueñe éste su vida como el lago sueña el cielo».

—Otra vez —me decía también mi hermano—, cuando volvíamos acá, vimos a una zagala, una cabrera, que enhiesta sobre un picacho de la falda de la montaña, a la vista del lago, estaba cantando con una voz más fresca que las aguas de éste. Don Manuel me detuvo y señalándomela dijo: «Mira, parece como si se hubiera acabado el tiempo, como si esa zagala hubiese estado ahí siempre, y como está, y cantando como está, y como si hubiera de seguir estando así siempre, como estuvo cuando empezó mi conciencia, como estará cuando se me acabe. Esa zagala forma parte, con las rocas, las nubes, los árboles, las aguas, de la naturaleza y no de la historia». ¡Cómo siente, cómo anima don Manuel a la naturaleza! Nunca olvidaré el día de la nevada en que me dijo: «¿Has visto, Lázaro, misterio mayor que el de la nieve cayendo en el lago y muriendo en él mientras cubre con su toca a la montaña?».

Don Manuel tenía que contener a mi hermano en su celo y en su inexperiencia de neófito. Y como supiese que éste andaba predicando contra ciertas supersticiones populares, hubo de decirle:

—¡Déjalos! ¡Es tan difícil hacerles comprender dónde acaba la creencia ortodoxa y dónde empieza la superstición! Y más para nosotros. Déjalos, pues, mientras se consuelen. Vale más que lo crean todo, aun cosas contradictorias entre sí, a que no crean nada. Eso de que el que cree demasiado acaba por no creer nada es cosa de protestantes. No protestemos. La protesta mata el contento.

Una noche de plenilunio —me contaba también mi hermano— volvían a la aldea por la orilla del lago, a cuya sobrehaz[30] rizaba entonces la brisa montañesa y en el rizo cabrilleaban las razas[31] de la luna llena, y don Manuel le dijo a Lázaro:

30. *Sobrehaz*: superficie.

31. *Raza*: rayo de luz que penetra por una abertura.

—¡Mira, el agua está rezando la letanía y ahora dice: *ianua caeli, ora pro nobis*, puerta del cielo, ruega por nosotros!

Y cayeron temblando de sus pestañas a la yerba del suelo huideras lágrimas en que también, como rocío, se bañó temblorosa la lumbre de la luna llena.

E iba corriendo el tiempo y observábamos mi hermano y yo que las fuerzas de don Manuel empezaban a decaer, que ya no lograba contener del todo la insondable tristeza que le consumía, que acaso una enfermedad traidora le iba minando el cuerpo y el alma. Y Lázaro, acaso para distraerle más, le propuso si no estaría bien que fundasen en la iglesia algo así como un sindicato católico agrario.

—¿Sindicato? —respondió tristemente don Manuel—. ¿Sindicato? ¿Y qué es eso? Yo no conozco más sindicato que la Iglesia, y ya sabes aquello de «mi reino no es de este mundo».[32] Nuestro reino, Lázaro, no es de este mundo…

—¿Y del otro?

Don Manuel bajó la cabeza.

—El otro, Lázaro, está aquí también, porque hay dos reinos en este mundo. O mejor, el otro mundo…, vamos, que no sé lo que me digo.[u] Y en cuanto a eso del

32. Respondió Jesús al interrogatorio de Poncio Pilato, procurador de Judea, a quien había sido entregado tras su detención.

[u] Nuevamente san Manuel se atora al hablar de creencias.

sindicato, es en ti un resabio de tu época de progresismo. No, Lázaro, no; la religión no es para resolver los conflictos económicos o políticos de este mundo que Dios entregó a las disputas de los hombres. Piensen los hombres y obren los hombres como pensaren y como obraren, que se consuelen de haber nacido, que vivan lo más contentos que puedan en la ilusión de que todo esto tiene una finalidad. Yo no he venido a someter los pobres a los ricos, ni a predicar a éstos que se sometan a aquéllos. Resignación y caridad en todos y para todos. Porque también el rico tiene que resignarse a su riqueza, y a la vida, y también el pobre tiene que tener caridad para con el rico. ¿Cuestión social? Deja eso, eso no nos concierne. Que traen una nueva sociedad, en que no haya ya ricos ni pobres, en que esté justamente repartida la riqueza, en que todo sea de todos, ¿y qué? ¿Y no crees que del bienestar general resurgirá más fuerte el tedio a la vida? Sí, ya sé que uno de esos caudillos de la que llaman la revolución social ha dicho que la religión es el opio del pueblo.[33] Opio..., opio... Opio, sí. Démosle opio, y que duerma y que sueñe. Yo mismo con esta mi loca actividad me estoy administrando opio. Y no logro dormir bien y menos soñar bien. ¡Esta terrible pesadilla! Y yo también puedo decir con el Divino Maestro: «Mi alma está triste hasta la muerte».[34] No, Lázaro, no;

33. Alusión a la célebre frase de Karl Marx.

34. Tras la Última Cena, Jesús se dirigió al huerto de Getsemaní, en el Monte de los Olivos, para rezar con los apóstoles, a quienes les dirige estas palabras momentos antes de su detención.

nada de sindicatos por nuestra parte. Si lo forman ellos me parecerá bien, pues que así se distraen. Que jueguen al sindicato, si eso les contenta.

El pueblo todo observó que a don Manuel le menguaban las fuerzas, que se fatigaba. Su voz misma, aquella voz que era un milagro, adquirió un cierto temblor íntimo. Se le asomaban las lágrimas con cualquier motivo. Y sobre todo cuando hablaba al pueblo del otro mundo, de la otra vida, tenía que detenerse a ratos cerrando los ojos. «Es que lo está viendo», decían. Y en aquellos momentos era Blasillo, el bobo, el que con más cuajo lloraba. Porque ya Blasillo lloraba más que reía, y hasta sus risas sonaban a lloros.

Al llegar la última Semana de Pasión que, con nosotros, en nuestro mundo, en nuestra aldea, celebró don Manuel, el pueblo todo presintió el fin de la tragedia. ¡Y cómo sonó entonces aquel: «¡Dios mío, Dios mío!, ¿por qué me has abandonado?», el último que en público sollozó don Manuel! Y cuando dijo lo del Divino Maestro al buen bandolero —«todos los bandoleros son buenos», solía decir nuestro don Manuel—, aquello de: «mañana estarás conmigo en el paraíso».[35] ¡Y la última comunión general que repartió nuestro santo! Cuando llegó a dársela a mi hermano, esta vez con mano segura,

35. Palabras que Jesucristo pronunció en la cruz dirigidas al buen ladrón crucificado junto a él que le pedía misericordia.

después del litúrgico «... *in vitam aeternam*»[36] se le inclinó al oído y le dijo: «No hay más vida eterna que ésta..., que la sueñen eterna..., eterna de unos pocos años...».[v] Y cuando me la dio a mí me dijo: «Reza, hija mía, reza por nosotros». Y luego, algo tan extraordinario que lo llevo en el corazón como el más grande misterio, y fue que me dijo con voz que parecía de otro mundo: «... y reza también por Nuestro Señor Jesucristo...».[37]

Me levanté sin fuerzas y como sonámbula.[w] Y todo en torno me pareció un sueño. Y pensé: «Habré de rezar también por el lago y por la montaña». Y luego: «¿Es que estaré endemoniada?». Y en casa ya, cogí el crucifijo con el cual en las manos había entregado a Dios su alma mi madre, y mirándolo a través de mis lágrimas y recordando el: «¡Dios mío, Dios mío!, ¿por qué me has abandonado?» de nuestros dos Cristos, el de esta Tierra y el de esta aldea, recé: «hágase tu voluntad así en la tierra como en el cielo», primero, y después: «y no nos de-

36. Al repartir la comunión el sacerdote decía «que el cuerpo de Nuestro Señor Jesucristo guarde tu alma para la vida eterna».

[v] Por fin, en la última Semana Santa, cuando ya el pueblo presiente su muerte, escuchamos de san Manuel, al oído de Lázaro, que «no hay más vida eterna que esta». Se intensifica a partir de aquí la identificación y el paralelismo entre san Manuel y Cristo.

37. Es necesario rezar por Jesucristo, que quizá tampoco creyera en la vida eterna: «¡Dios mío!, ¡Dios mío!, ¿por qué me has abandonado?».

[w] Hemos asistido ahora a la intensa relación entre san Manuel y Lázaro —no olvidemos que contada por Ángela—. Esto nos ha permitido conocer el secreto martirio.

jes caer en la tentación, amén». Luego me volví a aquella imagen de la Dolorosa, con su corazón traspasado por siete espadas, que había sido el más doloroso consuelo de mi pobre madre, y recé: «Santa María, madre de Dios, ruega por nosotros, pecadores, ahora y en la hora de nuestra muerte, amén». Y apenas lo había rezado cuando me dije: «¿pecadores?, ¿nosotros pecadores?, ¿y cuál es nuestro pecado, cuál?». Y anduve todo el día acongojada por esta pregunta.

Al día siguiente acudí a don Manuel, que iba adquiriendo una solemnidad de religioso ocaso, y le dije:

—¿Recuerda, padre mío, cuando hace ya años, al dirigirle yo una pregunta, me contestó: «Eso no me lo preguntéis a mí, que soy ignorante; doctores tiene la Santa Madre Iglesia que os sabrán responder?».

—¡Que si me acuerdo...!, y me acuerdo que te dije que ésas eran preguntas que te dictaba el Demonio.

—Pues bien, padre, hoy vuelvo yo, la endemoniada, a dirigirle otra pregunta que me dicta mi demonio de la guarda.

—Pregunta.

—Ayer, al darme de comulgar, me pidió que rezara por todos nosotros y hasta por...

—Bien, cállalo y sigue...

—Llegué a casa y me puse a rezar, y al llegar a aquello de «ruega por nosotros, pecadores, ahora y en la hora de nuestra muerte», una voz íntima me dijo: «¿pecadores?, ¿pecadores nosotros?, ¿y cuál es nuestro pecado?». ¿Cuál es nuestro pecado, padre?

—¿Cuál? —me respondió—. Ya lo dijo un gran doctor de la Iglesia Católica Apostólica Española, ya lo dijo el gran doctor de *La vida es sueño*, ya dijo que «el delito mayor del hombre es haber nacido».[38] Ése es, hija, nuestro pecado: el haber nacido.

—¿Y se cura, padre?

—¡Vete y vuelve a rezar! Vuelve a rezar por nosotros, pecadores, ahora y en la hora de nuestra muerte... Sí, al fin se cura el sueño..., al fin se cura la vida..., al fin se acaba la cruz del nacimiento... Y como dijo Calderón, el hacer bien, y el engañar bien, ni aun en sueños se pierde...

Y la hora de su muerte llegó por fin. Todo el pueblo la veía llegar. Y fue su más grande lección. No quiso morirse ni solo ni ocioso. Se murió predicando al pueblo, en el templo. Primero, antes de mandar que le llevasen a él, pues no podía ya moverse por la perlesía,[39] nos llamó a su casa a Lázaro y a mí. Y allí, los tres a solas, nos dijo:

—Oíd: cuidad de estas pobres ovejas, que se consuelen de vivir, que crean lo que yo no he podido creer. Y tú, Lázaro, cuando hayas de morir, muere como yo, como morirá nuestra Ángela, en el seno de la Santa Madre Ca-

38. Se reproducen las palabras del conocido monólogo de Segismundo, en *La vida es sueño*, de Pedro Calderón de la Barca.

39. *Perlesía*: parálisis.

tólica Apostólica Romana, de la Santa Madre Iglesia de Valverde de Lucerna, bien entendido. Y hasta nunca más ver, pues se acaba este sueño de la vida...

—¡Padre, padre! —gemí yo.

—No te aflijas, Ángela; y sigue rezando por todos los pecadores, por todos los nacidos. Y que sueñen, que sueñen. ¡Qué ganas tengo de dormir, dormir sin fin, dormir por toda una eternidad y sin soñar!, ¡olvidando el sueño! Cuando me entierren, que sea en una caja hecha con aquellas seis tablas que tallé del viejo nogal, ¡pobrecito!, a cuya sombra jugué de niño, cuando empezaba a soñar... ¡Y entonces sí que creía en la vida perdurable! Es decir, me figuro ahora que creía entonces. Para un niño creer no es más que soñar. Y para un pueblo. Esas seis tablas que tallé con mis propias manos las encontraréis al pie de mi cama.

Le dio un ahogo y, repuesto de él, prosiguió:

—Recordaréis que cuando rezábamos todos en uno, en unanimidad de sentido, hechos pueblo, el Credo, al llegar al final yo me callaba. Cuando los israelitas iban llegando al fin de su peregrinación por el desierto, el Señor les dijo a Aarón y a Moisés que por no haberle creído no meterían a su pueblo en la tierra prometida, y les hizo subir al monte de Hor, donde Moisés hizo desnudar a Aarón, que allí murió, y luego subió Moisés desde las llanuras de Moab al monte Nebo, a la cumbre del Fasga, enfrente de Jericó, y el Señor le mostró toda la tierra prometida a su pueblo, pero diciéndole a él: «¡No pasarás allá!». Y allí murió Moisés y nadie supo su sepultura. Y dejó por caudillo a Josué. Sé, tú, Lázaro, mi Josué,[40] y si puedes detener al sol detenle y no te importe el progreso. Como Moisés, he conocido al Señor, nuestro supremo ensueño, cara a cara, y ya sabes que dice la Escritura que el que le ve la cara a Dios, que el que le ve al sueño los ojos de la cara con que nos mira, se muere sin remedio y para siempre. Que no le vea, pues, la cara a Dios este nuestro pueblo mientras viva, que después de muerto ya no hay cuidado, pues no verá nada...[x]

—¡Padre, padre, padre! —volví a gemir.

Y él:

—Tú, Ángela, reza siempre, sigue rezando para que los pecadores todos sueñen hasta morir la resurrección de la carne y la vida perdurable...

Yo esperaba un «¿y quién sabe...?», cuando le dio otro ahogo a don Manuel.

—Y ahora —añadió—, ahora, en la hora de mi muerte, es hora de que hagáis que se me lleve, en este mismo sillón, a la iglesia, para despedirme allí de mi pueblo que me espera.

40. Dios entregó a Moisés las tablas con los Diez Mandamientos y le encomendó la tarea de guiar a su pueblo desde Egipto hasta la Tierra Prometida; cerca de ella y desconfiando, Moisés envió doce espías para conocer la bondad de esa tierra. Por ello, Dios le castigó impidiéndole acabar el viaje. Fue Josué, el sucesor de Moisés, quien guio a los judíos hasta cruzar el río Jordán y llegar a Israel.

[x] Otro momento trascendental —y conmovedor— del relato de Ángela; antes de morir, san Manuel se reúne con Lázaro y Ángela y les pide que sean ellos quienes continúen su labor procurando mantener al pueblo en el sueño. En el sueño de creer en la otra vida.

Se le llevó a la iglesia y se le puso, en el sillón, en el presbiterio, al pie del altar. Tenía entre sus manos un crucifijo. Mi hermano y yo nos pusimos junto a él, pero fue Blasillo, el bobo, quien más se arrimó. Quería coger de la mano a don Manuel, besársela. Y como algunos trataran de impedírselo, don Manuel les reprendió diciéndoles:

—Dejadle que se me acerque.[41] Ven, Blasillo, dame la mano.

El bobo lloraba de alegría. Y luego don Manuel dijo:

—Muy pocas palabras, hijos míos, pues apenas me siento con fuerzas sino para morir. Y nada nuevo tengo que deciros. Ya os lo dije todo. Vivid en paz y contentos y esperando que todos nos veamos un día, en la Valverde de Lucerna que hay allí, entre las estrellas de la noche que se reflejan en el lago, sobre la montaña. Y rezad, rezad a María Santísima, rezad a Nuestro Señor. Sed buenos, que esto basta.[42] Perdonadme el mal que haya podido haceros sin quererlo y sin saberlo. Y ahora, después que os dé mi bendición, rezad todos a una el Padrenuestro, el Ave María, la Salve, y por último el Credo.

Luego, con el crucifijo que tenía en la mano dio la bendición al pueblo, llorando las mujeres y los niños y no pocos hombres, y en seguida empezaron las oracio-

41. Recuerda la escena en la que los discípulos de Jesús intentaban impedir que los niños le molestasen y él intervino diciendo: «Dejad que los niños se acerquen a mí, porque de ellos es el reino de los cielos».

42. Sed buenos; coincide aquí don Manuel con los ideales krausistas.

nes, que don Manuel oía en silencio y cogido de la mano por Blasillo que al son del ruego se iba durmiendo. Primero el Padrenuestro con su «hágase tu voluntad así en la tierra como en el cielo», luego el Santa María con su «ruega por nosotros, pecadores, ahora y en la hora de nuestra muerte», a seguida la Salve con su «gimiendo y llorando en este valle de lágrimas», y por último el Credo. Y al llegar a la «resurrección de la carne y la vida perdurable», todo el pueblo sintió que su santo había entregado su alma a Dios. Y no hubo que cerrarle los ojos, porque se murió con ellos cerrados. Y al ir a despertar a Blasillo nos encontramos con que se había dormido en el Señor para siempre. Así que hubo luego que enterrar dos cuerpos.[y]

El pueblo todo se fue en seguida a la casa del santo a recoger reliquias, a repartirse retazos de sus vestiduras, a llevarse lo que pudieran como reliquia y recuerdo del bendito mártir.[43] Mi hermano guardó su breviario, entre cuyas hojas encontró, desecada y como en un her-

[y] Acabamos de ver que san Manuel muere en la iglesia, ante todo el pueblo —siempre masa uniforme y anónima— y que el óbito se produce justo al llegar, en el rezo del Credo, a las palabras que él nunca pronunció. Con él y a la vez que él, muere Blasillo, el bobo, que siempre repitió, sin saber lo que hacía, lo que hacía san Manuel. Blasillo, frente a la duda atormentada de san Manuel, simboliza la fe inocente y ciega del pueblo.

Es interesante fijarse en que justo antes de la muerte de san Manuel se han rezado las cuatro oraciones principales del rito católico y los versos de ellas que Ángela resalta.

43. También los soldados, después de crucificarlo, se sortearon y repartieron las vestiduras de Jesús.

bario, una clavellina pegada a un papel y en éste una cruz con una fecha.

Nadie en el pueblo quiso creer en la muerte de don Manuel; todos esperaban verle a diario, y acaso le veían, pasar a lo largo del lago y espejado en él o teniendo por fondo la montaña; todos seguían oyendo su voz, y todos acudían a su sepultura, en torno a la cual surgió todo un culto. Las endemoniadas venían ahora a tocar la cruz de nogal, hecha también por sus manos y sacada del mismo árbol de donde sacó las seis tablas en que fue enterrado. Y los que menos queríamos creer que se hubiese muerto éramos mi hermano y yo.

Él, Lázaro, continuaba la tradición del santo y empezó a redactar lo que le había oído, notas de que me he servido para esta mi memoria.[z]

—Él me hizo un hombre nuevo, un verdadero Lázaro, un resucitado —me decía—. Él me dio fe.

—¿Fe? —le interrumpía yo.

—Sí, fe, fe en el consuelo de la vida, fe en el contento de la vida. Él me curó de mi progresismo. Porque hay, Ángela, dos clases de hombres peligrosos y nocivos: los que convencidos de la vida de ultratumba, de la resurrección de la carne, atormentan, como inquisidores que son,

[z] Vemos que Ángela se vale, como fuentes de su relato, no solo de sus recuerdos —siempre capaces de engañarnos— y de sus conversaciones —tan importantes para la comprensión del libro como esta—, sino también de las notas que Lázaro redactó a la muerte de san Manuel, empeñado, como vamos a ver, desde entonces, en continuar su labor de consuelo.

a los demás para que, despreciando esta vida como transitoria, se ganen la otra, y los que no creyendo más que en este...

—Como acaso tú... —le decía yo.

—Y sí, y como don Manuel. Pero que no creyendo más que en este mundo esperan no sé qué sociedad futura y se esfuerzan en negarle al pueblo el consuelo de creer en otro...

—De modo que...

—De modo que hay que hacer que vivan de la ilusión.

El pobre cura que llegó a sustituir a don Manuel en el curato entró en Valverde de Lucerna abrumado por el recuerdo del santo y se entregó a mi hermano y a mí para que le guiásemos. No quería sino seguir las huellas del santo. Y mi hermano le decía: «Poca teología, ¿eh?, poca teología; religión, religión». Y yo, al oírselo, me sonreía pensando si es que no era también teología lo nuestro.

Yo empecé entonces a temer por mi pobre hermano. Desde que se nos murió don Manuel no cabía decir que viviese. Visitaba a diario su tumba y se pasaba horas muertas contemplando el lago. Sentía morriña de la paz verdadera.

—No mires tanto al lago —le decía yo.

—No, hermana, no temas. Es otro el lago que me llama; es otra la montaña. No puedo vivir sin él.

—¿Y el contento de vivir, Lázaro, el contento de vivir?

—Eso para otros pecadores, no para nosotros que le

hemos visto la cara a Dios, a quienes nos ha mirado con sus ojos el sueño de la vida.

—¿Qué, te preparas para ir a ver a don Manuel?

—No, hermana, no; ahora y aquí en casa, entre nosotros solos, toda la verdad por amarga que sea, amarga como el mar a que van a parar las aguas de ese dulce lago, toda la verdad para ti, que estás abroquelada[44] contra ella...

—¡No, no, Lázaro; ésa no es la verdad!

—La mía, sí.

—La tuya, pero ¿y la de...?

—También la de él.

—¡Ahora no, Lázaro; ahora no! Ahora cree otra cosa, ahora cree...

—Mira, Ángela, una de las veces en que al decirme don Manuel que hay cosas que aunque se las diga uno a sí mismo debe callárselas a los demás, le repliqué que me decía eso por decírselas él, esas mismas, a sí mismo, y acabó confesándome que creía que más de uno de los más grandes santos, acaso el mayor, había muerto sin creer en la otra vida.[45] [aa]

44. *Abroquelada*: protegida, resguardada.

45. El filósofo existencialista danés Søren Kierkegaard, con cuya filosofía coincide el pensamiento de Unamuno, escribió en *O lo uno o lo otro* (1843) que sería una gran burla que quien expuso la más profunda verdad, Jesucristo, no creyese en ella.

[aa] Penúltimo misterio del secreto de san Manuel; pensaba que Jesús había muerto sin creer —«¡Dios mío, Dios mío!, ¿por qué me has abandonado»—, lo que acrecienta el paralelismo entre Cristo y san Manuel.

—¿Es posible?

—¡Y tan posible! Y ahora, hermana, cuida que no sospechen siquiera aquí, en el pueblo, nuestro secreto...

—¿Sospecharlo? —le dije—. Si intentase, por locura, explicárselo, no lo entenderían. El pueblo no entiende de palabras; el pueblo no ha entendido más que vuestras obras. Querer exponerles eso sería como leer a unos niños de ocho años unas páginas de santo Tomás de Aquino... en latín.

—Bueno, pues cuando yo me vaya, reza por mí y por él y por todos.

Y por fin le llegó también su hora. Una enfermedad que iba minando su robusta naturaleza pareció exacerbársele con la muerte de don Manuel.

—No siento tanto tener que morir —me decía en sus últimos días—, como que conmigo se muere otro pedazo del alma de don Manuel. Pero lo demás de él vivirá contigo. Hasta que un día hasta los muertos nos moriremos del todo.

Cuando se hallaba agonizando, entraron, como se acostumbra en nuestras aldeas, los del pueblo a verle agonizar, y encomendaban su alma a don Manuel, a san Manuel Bueno, el mártir. Mi hermano no les dijo nada, no tenía ya nada que decirles; les dejaba dicho todo, todo lo que queda dicho. Era otra laña[46] más entre las dos Valverdes de Lucerna, la del fondo del lago y la que en su

46. *Laña*: grapa que une dos cosas.

sobrehaz se mira; era ya uno de nuestros muertos de vida, uno también, a su modo, de nuestros santos.

Quedé más desolada, pero en mi pueblo y con mi pueblo. Y ahora, al haber perdido a mi san Manuel, al padre de mi alma, y a mi Lázaro, mi hermano aun más que carnal, espiritual, ahora es cuando me doy cuenta de que he envejecido y de cómo he envejecido. Pero ¿es que los he perdido?, ¿es que he envejecido?, ¿es que me acerco a mi muerte?

¡Hay que vivir! Y él me enseñó a vivir, él nos enseñó a vivir, a sentir la vida, a sentir el sentido de la vida, a sumergirnos en el alma de la montaña, en el alma del lago, en el alma del pueblo de la aldea, a perdernos en ellas para quedar en ellas.[ab] Él me enseñó con su vida a perderme en la vida del pueblo de mi aldea, y no sentía yo más pasar las horas, y los días y los años, que no sentía pasar el agua del lago. Me parecía como si mi vida hubiese de ser siempre igual. No me sentía envejecer. No vivía yo ya en mí, sino que vivía en mi pueblo y mi pueblo vivía en mí. Yo quería decir lo que ellos, los míos, decían sin querer. Salía a la calle, que era la carre-

[ab] La montaña y el lago, las dos Valverdes de Lucerna... La montaña, de la que san Manuel es la cumbre, representa al pueblo, que se refleja y se mira en el lago, que simboliza el sueño de la fe, en el que está sumergida la vieja Valverde, que encarna los muertos del pueblo. Ya se ha mencionado la comunión entre vivos y muertos.

tera, y como conocía a todos vivía en ellos y me olvidaba de mí, mientras que en Madrid, donde estuve alguna vez con mi hermano, como a nadie conocía, sentíame en terrible soledad y torturada por tantos desconocidos.

Y ahora,[ac] al escribir esta memoria, esta confesión íntima de mi experiencia de la santidad ajena, creo que don Manuel Bueno, que mi san Manuel y que mi hermano Lázaro se murieron creyendo no creer lo que más nos interesa, pero sin creer creerlo, creyéndolo en una desolación activa y resignada.

Pero ¿por qué —me he preguntado muchas veces— no trató don Manuel de convertir a mi hermano también con un engaño, con una mentira, fingiéndose creyente sin serlo? Y he comprendido que fue porque comprendió que no le engañaría, que para con él no le serviría el engaño, que sólo con la verdad, con su verdad, le convertiría; que no habría conseguido nada si hubiese pretendido representar para con él una comedia —tragedia más bien—, la que representaba para salvar al pueblo. Y así le ganó, en efecto, para su piadoso

[ac] Volvemos al «ahora», un ahora temporalmente inconcreto, en el que Ángela, ya mayor, desahoga sobre el papel su confesión íntima —insistamos en esto otra vez—. Y plantea una nueva perspectiva; san Manuel y Lázaro, quizá, creían no creer, pero en realidad creían. A su vez, ella, que siempre creyó, ahora se plantea: «¿Y yo, creo?». Y comprende también — y nos aclara— que si san Manuel consiguió convertir a Lázaro —que venía del «Nuevo Mundo»— fue gracias a que no empleó con él la misma mentira que con el pueblo.

fraude; así le ganó con la verdad de muerte a la razón de vida. Y así me ganó a mí, que nunca dejé trasparentar a los otros su divino, su santísimo juego. Y es que creía y creo que Dios Nuestro Señor, por no sé qué sagrados y no escudriñaderos designios, les hizo creerse incrédulos. Y que acaso en el acabamiento de su tránsito se les cayó la venda. ¿Y yo, creo?

Y al escribir esto ahora, aquí, en mi vieja casa materna, a mis más que cincuenta años, cuando empiezan a blanquear con mi cabeza mis recuerdos, está nevando, nevando sobre el lago, nevando sobre la montaña, nevando sobre las memorias de mi padre, el forastero; de mi madre, de mi hermano Lázaro, de mi pueblo, de mi san Manuel, y también sobre la memoria del pobre Blasillo, de mi san Blasillo, y que él me ampare desde el cielo. Y esta nieve borra esquinas y borra sombras, pues hasta de noche la nieve alumbra. Y yo no sé lo que es verdad y lo que es mentira, ni lo que vi y lo que sólo soñé —o mejor lo que soñé y lo que sólo vi—, ni lo que supe ni lo que creí. Ni sé si estoy traspasando a este papel, tan blanco como la nieve, mi conciencia que en él se ha de quedar, quedándome yo sin ella. ¿Para qué tenerla ya…?

¿Es que sé algo?, ¿es que creo algo? ¿Es que esto que estoy aquí contando ha pasado y ha pasado tal y como lo cuento? ¿Es que pueden pasar estas cosas? ¿Es que todo esto es más que un sueño soñado dentro de otro sueño?[47] ¿Seré yo, Ángela Carballino, hoy cincuentona, la única persona que en esta aldea se ve acometida de estos pensamientos extraños para los demás? ¿Y éstos, los otros, los que me rodean, creen? ¿Qué es eso de creer? Por lo menos viven. Y ahora creen en san Manuel Bueno, mártir, que sin esperar inmortalidad les mantuvo en la esperanza de ella.

Parece que el ilustrísimo señor obispo, el que ha promovido el proceso de beatificación de nuestro santo de Valverde de Lucerna, se propone escribir su vida, una especie de manual del perfecto párroco, y recoge para ello toda clase de noticias. A mí me las ha pedido con insistencia, ha tenido entrevistas conmigo, le he dado toda clase de datos, pero me he callado siempre el secreto trágico de don Manuel y de mi hermano. Y es curioso que él no lo haya sospechado. Y confío en que no llegue a su conocimiento todo lo que en esta memoria dejo consignado. Les temo a las autoridades de la tierra, a las autoridades temporales, aunque sean las de la Iglesia.

Pero aquí queda esto, y sea de su suerte lo que fuere.[ad]

47. La idea de la vida como sueño ya se nos ha planteado más arriba —donde se recuerda la obra de Calderón—; que la vida solo sea un sueño, que los hombres sean un sueño de Dios es otro de los temas habituales en Unamuno, presentes en otras de sus obras como, por ejemplo, *Niebla*.

[ad] Comprendemos que la vida ejemplar de san Manuel pueda ser digna de su beatificación para quien no conozca su secreto, como el señor obispo. A su vez, el conocimiento del secreto haría saltar por los aires el proceso de beatificación. Es, pues, fundamental que el contenido de estas memorias de Ángela no se conozca: queda definitivamente claro —si no lo estaba— que Ángela no escribe para ser leída sino por la necesidad de

¿Cómo vino a parar a mis manos este documento, esta memoria de Ángela Carballino? He aquí algo, lector, algo que debo guardar en secreto. Te la doy tal y como a mí ha llegado, sin más que corregir pocas, muy pocas particularidades de redacción. ¿Que se parece mucho a otras cosas que yo he escrito? Esto nada prueba contra su objetividad, su originalidad. ¿Y sé yo, además, si no he creado fuera de mí seres reales y efectivos, de alma de inmortalidad? ¿Sé yo si aquel Augusto Pérez, el de mi novela *Niebla*, no tenía razón al pretender ser más real, más objetivo que yo mismo, que creía haberle inventado? De la realidad de este san Manuel Bueno, mártir, tal como me la ha revelado su discípula e hija espiritual Ángela Carballino, de esta realidad no se me ocurre dudar. Creo en ella más que creía el mismo santo; creo en ella más que creo en mi propia realidad.

Y ahora, antes de cerrar este epílogo, quiero recordarte, lector paciente, el versillo noveno de la Epístola del olvidado apóstol san Judas —¡lo que hace un nombre!—, donde se nos dice cómo mi celestial patrono, san

---

un íntimo desahogo. Por tanto, no nos cabe dudar de una sola de las palabras del relato.

San Manuel pudo desahogarse con Lázaro, y Lázaro con Ángela, pero esta no tiene con quien. Comprendemos que Ángela escriba esta confesión. Aunque ella no sepa por qué lo hace —recordemos el primer párrafo del relato—, nosotros sí: para aliviar su tormento.

Miguel Arcángel —«Miguel» quiere decir «¿Quién como Dios?», y «arcángel», «archimensajero»—, disputó con el Diablo —«Diablo» quiere decir «acusador, fiscal»— por el cuerpo de Moisés y no toleró que se lo llevase en juicio de maldición, sino que le dijo al Diablo: «El Señor te reprenda». Y el que quiera entender que entienda.

Quiero también, ya que Ángela Carballino mezcló a su relato sus propios sentimientos, ni sé que otra cosa quepa, comentar yo aquí lo que ella dejó dicho de que si don Manuel y su discípulo Lázaro hubiesen confesado al pueblo su estado de creencia, éste, el pueblo, no les habría entendido. Ni les habría creído, añado yo. Habrían creído a sus obras y no a sus palabras, porque las palabras no sirven para apoyar las obras, sino que las obras se bastan. Y para un pueblo como el de Valverde de Lucerna no hay más confesión que la conducta. Ni sabe el pueblo qué cosa es fe, ni acaso le importa mucho.

Bien sé que en lo que se cuenta en este relato, si se quiere novelesco —y la novela es la más íntima historia, la más verdadera, por lo que no me explico que haya quien se indigne de que se llame novela al Evangelio, lo que es elevarle, en realidad, sobre un cronicón cualquiera—, bien sé que en lo que se cuenta en este relato no pasa nada; mas espero que sea porque en ello todo se queda, como se quedan los lagos y las montañas y las santas almas sencillas asentadas más allá de la fe y de la desesperación, que en ellos, en los lagos y las montañas, fuera de la historia, en divina novela, se cobijaron.[ae]

Salamanca, noviembre de 1930

[ae] La presencia autorial de Unamuno, habitual en sus relatos (recordemos que, en *Niebla*, aparece incluso como personaje), el viejo recurso cervantino del manuscrito encontrado (que pretende aquí confundir un poco más al lector) y una nueva vuelta sobre la existencia humana (¿quién es más real, el creador o los seres creados?) son elementos capitales en la construcción de *San Manuel.*

Habremos observado también en nuestra lectura la importancia de los diálogos y la ausencia de descripciones, rasgos habituales en el estilo de Unamuno. En este caso, además, el hecho de que no se describa el paisaje ni ninguno de los personajes refuerza el carácter simbólico de cada uno de ellos. Y el que no encontremos ninguna precisión temporal que sitúe los hechos más allá del «ahora» del relato refuerza el valor universal de la novela.

La técnica narrativa de *San Manuel Bueno, mártir* inscribe la novela en la profunda renovación de la narrativa que se produce en las primeras décadas del XX, alejando el género de la novela decimonónica.

Guía didáctica

por Vicente de Santiago Mulas

Actividades

Os ofrecemos a continuación una serie de actividades organizadas en tres momentos de vuestra lectura de *San Manuel Bueno, mártir*. La lectura es un acto personal, pero es posible que vuestros profesores decidan realizar una lectura colectiva. Y también ellos elegirán cuáles de las actividades que aquí se sugieren consideran convenientes para vuestra clase. Algunas son de realización individual, pero otras proponen trabajos en grupo. El objetivo de todas ellas es contribuir a mejorar la comprensión de la novela, a ampliar vuestra cultura y vuestros conocimientos, y a desarrollar y adquirir las competencias clave que constituyen un objetivo fundamental de la Enseñanza Secundaria.

Antes de la lectura

Antes de leer la novela os proponemos tres temas que podéis abordar trabajando en grupos, y luego cada uno de los grupos expondrá su trabajo al resto de la clase. De esta manera podréis acercaros al texto con un mejor conocimiento de su contexto histórico y literario y podréis comprender mejor lo que *San Manuel Bueno, mártir* nos relata.

La España rural

La acción de *San Manuel Bueno, mártir* transcurre en una pequeña aldea de la España rural en un tiempo indefinido que debemos situar entre finales del siglo XIX y comienzos del XX y que, por lo que nos dice Unamuno en su prólogo a la novela, podríamos imaginar en el entorno del lago de Sanabria.

En 1922 el rey Alfonso XIII visitó Las Hurdes, entonces una de las zonas rurales más pobres de España (Unamuno hace referencia a esta región en el prólogo de 1933 comparándola con las aldeas del lago de Sanabria). En 1932 el cineasta Luis Buñuel realizó un conocido documental sobre esta región. Tanto la película de Buñuel como un documental sobre el viaje real son fácilmente accesibles en la web; buscadlos.

Quizá vuestros abuelos guarden recuerdos de sus padres sobre la vida en los pueblos de España hace un siglo; preguntadles y escuchad también sus propios recuerdos sobre épocas más cercanas.

- Buscad imágenes de pueblos de España en aquella época y realizad con ellas una exposición.
- Reflexionad sobre cómo debía de ser la vida en aquellas zonas rurales entonces. ¿Qué formación tendrían sus habitantes? ¿Serían felices? ¿Qué influencia tendrían los párrocos en aquellas personas?
- Elaborad una argumentación para responder a la siguiente pregunta: ¿hoy en día, la vida rural se parece más a la vida en las ciudades que a comienzos del siglo xx?
- Organizad un debate en torno a las ventajas y desventajas de la vida rural y de la vida urbana, ¿dónde os gustaría vivir?

La novela de sacerdote

En el realismo del siglo xix, la «novela de sacerdote», es decir, la novela protagonizada por sacerdotes, fue una temática habitual. *La Regenta*, de Clarín, y *Nazarín*, de Benito Pérez Galdós, son dos buenos ejemplos en la literatura española. Cuando el realismo entró en crisis y aparecieron nuevas corrientes literarias siguió siendo frecuente encontrar sacerdotes que, como nuestro Manuel Bueno, eran personajes principales de muchas novelas.

- Investigad y buscad, tanto en la novela española como en la universal, títulos de novelas protagonizadas por sacerdotes en la segunda mitad del siglo XIX y en el primer tercio del XX.
- Realizad una exposición con reproducciones de cubiertas de distintas ediciones de estas novelas.
- Exponed brevemente los argumentos de las más importantes de estas novelas y cómo aparecen y son tratados estos personajes.
- Reflexionad sobre por qué en esa época los sacerdotes se convirtieron en protagonistas de las novelas y cuál era el papel de la Iglesia en la sociedad.
- Organizad un debate sobre las siguientes cuestiones: ¿puede haber motivaciones distintas a la fe para hacerse sacerdote? ¿Es posible ser sacerdote aun dudando de las propias creencias? ¿Habrá muchos sacerdotes en esa situación?

Autores menores del 98

Seguramente vuestros profesores os habrán explicado las principales características de la generación del 98 y de la obra de sus más destacados autores: Unamuno, Machado, Baroja, Valle-Inclán y Azorín. Pero la proliferación de colecciones de novela corta, de la que hemos hablado anteriormente, favoreció que la nómina de los novelistas de esta generación fuera muy amplia.

- Elaborad, con la ayuda de las distintas herramientas digitales que existen para ello (o de una manera más tradicional), un póster sobre cada uno de los autores menores del 98 (se han citado una veintena en las páginas anteriores, vuestros profesores pueden ayudaros a elegir entre ellos) que recoja la información fundamental sobre cada escritor, y realizad una exposición con el conjunto de pósteres que elaboréis.
- Reflexionad sobre las condiciones económicas, sociales y editoriales que favorecieron la publicación de colecciones periódicas de novela corta en las primeras décadas del siglo XX.

Durante la lectura

Las siguientes actividades os ayudarán a centraros en la lectura y entender mejor qué nos dice el libro, cómo lo hace y cómo se estructura.

Técnica narrativa

Es imprescindible para una buena comprensión de la novela analizar y comprender su técnica narrativa:

- Unamuno emplea la técnica «del manuscrito encontrado»; informaos sobre otras novelas que también utilicen esa técnica y sobre el autor y la obra en que apareció por primera vez.

- Explicad a qué tipo de narrador corresponde el relato de Ángela y cuáles son sus características.
- Explicad por qué el relato de Ángela tiene una estructura circular. ¿Qué importante obra de la literatura española, narrada en primera persona, tiene una estructura circular similar?
- En la novela ni el espacio ni el tiempo se concretan ni determinan. ¿Qué ventajas y qué inconvenientes aporta esa inconcreción a un relato? ¿En qué casos os parece conveniente concretarlos y en cuáles no?
- Tampoco encontramos en la novela descripciones físicas, salvo una muy breve de don Manuel: localizadla y explicad por qué está cargada de simbolismo y por qué no aparecen otras.
- Localizad las distintas elipsis temporales que hay en la novela. ¿Cuál es su función?
- Los tiempos perfectos de los verbos indican acción acabada, mientras que los imperfectos indican acción inacabada. En el relato de Ángela predomina el pretérito imperfecto: ¿qué aporta esto a la novela? ¿Cómo se relaciona con el impreciso «ahora» desde el que habla la narradora? ¿Y con la ausencia de descripciones?

Simbología

- ¿Qué significado tiene en la novela el Nuevo Mundo?
- Los nombres de los personajes de *San Manuel* son simbólicos. ¿Qué ventajas tiene dar a los personajes nombres que describen su personalidad o su comportamiento? ¿Por qué lo hacen los escritores?
- Informaos de los significados correspondientes e imaginad qué papel representarían en una novela o en una obra de teatro personajes llamados: Víctor, Sofía, Alejandro, Arantxa, Calisto y Laia.
- También son simbólicos algunos elementos de la naturaleza en la novela. ¿Qué significados simbólicos creéis que pueden tener en un texto literario elementos como una tormenta, un desierto, una rosa, un incendio?

Construcción y estilo

- ¿En qué partes puede dividirse la novela? Delimitadlas y justificad vuestra respuesta.
- Definid el concepto de intertextualidad y buscad ejemplos en la novela.
- ¿Qué función tienen los diálogos en la novela?
- El estilo de *San Manuel* es, por lo general, sencillo. ¿En qué momentos se hace más retórico y lento y por qué?

- ¿Qué valor tienen los diminutivos y los posesivos con los que se expresan los personajes?
- Buscad ejemplos de recursos como la paradoja, la antítesis o el paralelismo sintáctico.
- Identificad los recursos expresivos presentes en las expresiones:
  - Varón matriarcal
  - Toda ella era don Manuel
  - Encendiéndosele el rostro
  - El lago sueña el cielo

Comprensión y reflexión

- ¿Qué características de la novela de comienzos del siglo XX encontráis en *San Manuel Bueno, mártir*?
- ¿Qué sabemos del padre de los Carballino? ¿Qué importancia os parece que tiene para el desarrollo de la novela?
- En un momento de la novela, Lázaro afirma que civilización es lo contrario de ruralización; reflexionad sobre el significado de esta expresión: ¿estáis de acuerdo con ella?
- Enumerad cinco ejemplos de actos que demuestran la bondad de don Manuel.
- ¿Qué «pistas» nos van anticipando el secreto de don Manuel?
- ¿Cómo reacciona Ángela al conocer el secreto?

- ¿Por qué Ángela no se siente a gusto cuando visita Renada o Madrid?
- ¿Os parece exagerada la devoción de los habitantes de Valverde de Lucerna hacia don Manuel?
- ¿Qué función realiza Blasillo en la novela?
- ¿Por qué Lázaro afirma que don Manuel le curó de su progresismo?

Después de la lectura

Acabada la lectura de *San Manuel Bueno, mártir*, es el momento de reflexionar y concluir sobre lo que la novela nos ha enseñado.

- Completad una ficha de lectura que responda a estas cuestiones (podéis usar esta ficha para cada una de vuestras lecturas y conservarlas juntas; os agradará volver a verlas dentro de un tiempo recordando los libros que habéis leído):
  - Autor/a:
  - Título:
  - Editorial:
  - Fecha de lectura:

  Sobre la lectura
  - ¿Qué te ha emocionado y por qué?:
  - ¿Qué te ha enseñado y por qué?:
  - ¿Qué te ha entretenido y por qué?:
  - ¿Qué temas, problemas o conflictos trata?:

- ¿Qué reflexión te ha provocado?:
- ¿Qué habrías hecho tú en el lugar del protagonista?:
- Copia una frase o párrafo que te haya llamado la atención y que te gustaría recordar:
- Redacta una breve opinión personal:

- Elaborad un texto, de aproximadamente una página en el que, en primer lugar, situéis la novela en el conjunto de la obra del autor y en su contexto histórico y literario, y, luego, valoréis razonadamente por qué *San Manuel* os ha resultado una lectura de interés, qué os ha aportado y por qué resulta hoy actual esta obra de Miguel de Unamuno.
- En la novela se dice que todas las religiones son verdaderas en la medida en que consuelan al ser humano de haber nacido para morir. Elaborad un texto argumentativo (emplead argumentos que sostengan vuestra opinión) sobre ¿qué aportan las religiones al ser humano?
- Organizad en clase un debate sobre el respeto a las distintas religiones.
- Si tenéis la posibilidad de hacerlo, organizad una visita al lago de Sanabria y sus alrededores. Buscad allí escenarios adecuados para grabar la dramatización de algunas de las escenas de la novela. Podéis realizar luego un montaje de esas grabaciones y crear así vuestra pequeña versión cinematográfica de *San Manuel Bueno, mártir*. Si no podéis visitar

el lago, buscad localizaciones en vuestro entorno para vuestra película.

- Reflexionad y debatid la actualidad y vigencia de los asuntos y temas que *San Manuel* nos plantea:
  - El sentimiento trágico de la vida
  - La fe, la razón y la duda
  - La verdad y la felicidad
  - El paralelismo con el relato evangélico
  - La personalidad
- Analizad el comportamiento de los tres personajes principales: ¿cómo habríais actuado en su lugar?
- San Manuel defiende que hay que ocultar la verdad al pueblo por el bien y la felicidad de este. ¿En qué casos os parece que es conveniente ocultar la verdad por el bien de los demás y en cuáles os parece inaceptable?
- Elaborad un pequeño periódico que, a partir de distintas escenas de la novela, recoja una noticia, un reportaje, una viñeta, una entrevista, un artículo de opinión... Elaborad también una portada para ese periódico.
- En los últimos años se ha reavivado la polémica sobre lo que ocurrió realmente en el enfrentamiento entre Unamuno y Millán Astray en el paraninfo de la Universidad de Salamanca el 12 de octubre de 1936 y sobre la posibilidad de que Unamuno muriera envenenado. El documental *Palabras para un fin del mundo* (2020), de Manuel Menchón, aborda ambos sucesos a partir de las investigaciones más recien-

tes. Menchón dirigió, en 2015, la primera película sobre Miguel de Unamuno: *La isla del viento*, que, centrada en el destierro del autor en Fuerteventura, nos habla también de ese célebre incidente. La película *Mientras dure la guerra* (2019), de Alejandro Amenábar, recrea los últimos meses de la vida de Miguel de Unamuno. Buscad información sobre esta polémica, ved estas películas y:

- Redactad un texto expositivo sobre los últimos meses de vida de Unamuno.
- Haced una valoración crítico-personal de *Mientras dure la guerra* o de *La isla del viento*.

- Cread memes a partir de distintos momentos de la novela.
- Cread un sitio web (página o blog): podéis recoger lo que habéis aprendido sobre Unamuno y esta obra, o, siendo más creativos, crear una página de promoción turística de Valverde de Lucerna o una reivindicativa de la santidad de don Manuel.
- Imaginad que sois editores y vais a publicar *San Manuel Bueno, mártir*: diseñad una cubierta para el libro y redactad un texto para la contracubierta.
- La literatura es un mapa inmenso por el que los lectores nos movemos con total libertad, enriqueciéndonos personalmente con cada viaje, con cada lectura. Por eso os proponemos algunos itinerarios que podéis recorrer a partir de *San Manuel Bueno, mártir*:
  - Otras novelas de Unamuno: es el itinerario más

obvio. Posiblemente no sea Unamuno un autor que a simple vista atraiga al lector de hoy, pero, como habéis comprobado con *San Manuel*, es siempre un autor de interés porque nos lleva a reflexionar sobre asuntos humanos de permanente actualidad. No dejéis de leer *Niebla*.

- Otros autores del 98: otra interesante posibilidad es acercarse a otros autores de la generación del 98. La obra poética de Antonio Machado o su *Juan de Mairena*, los esperpentos de Valle-Inclán, o alguna de las novelas de Baroja.
- Otras novelas europeas de comienzos de siglo: esta novela corta de Unamuno puede ser un magnífico punto de partida para acercaros a otras interesantísimas novelas breves de escritores centroeuropeos como *La metamorfosis* de Franz Kafka o *Carta de una desconocida* de Stefan Zweig.
- Otras novelas de sacerdote: por ejemplo, *La sotana negra*, de Wilkie Collins, una de las que inauguró la novela de suspense en el siglo XIX, y otras que os hayan resultado interesantes en vuestro estudio sobre la novela de sacerdote.

Recursos electrónicos y bibliografía

Ya hemos indicado que la bibliografía sobre Unamuno y sobre *San Manuel Bueno, mártir* es ingente. No creemos que una edición como esta, pensada para estudiantes de secundaria que se aproximan por primera vez a la novela, requiera acompañarse de un repertorio bibliográfico extenso o que exceda las necesidades de esos lectores. Creemos, además, que el profesorado de esos estudiantes, al conocerlos y considerar el propósito con el que les encomienda esta lectura, los orientará mejor que nadie hacia los materiales que entienda más pertinentes.

No obstante, sugerimos a continuación algunos recursos que pueden resultar útiles a nuestros lectores adolescentes. Sin duda lo será la web de la Biblioteca Nacional dedicada a Unamuno: <https://escritores.bne.es/authors/miguel-unamuno-1864-1936/>.

Las películas antes citadas, *La isla del viento* y *Mientras dure la guerra*, junto con el documental *Palabras para un fin del mundo*, constituirán un excelente acercamiento a la figura de Unamuno para nuestros alumnos. El documental está disponible en <https://www.rtve.es/play/>, donde se pueden encontrar también otros contenidos con los que completar ese acercamiento.

Desde luego, también las páginas web de revistas y periódicos digitales o suplementos culturales como *Babelia* o *El Cultural* ofrecerán a nuestros alumnos artículos y materiales de un nivel accesible para sus indagaciones sobre el autor y la novela que nos ocupan.

Los contenidos recogidos en las páginas del Centro Virtual Cervantes —<https://cvc.cervantes.es>—, y de la Biblioteca Virtual Cervantes —<http://www.cervantesvirtual.com>—, tanto sobre Unamuno como sobre *San*

Manuel, resultarán interesantes, quizá no tanto al estudiante como a sus profesores u otros lectores de esta edición escolar. Igualmente lo serán los de los Cuadernos de la Cátedra Miguel de Unamuno: <https://revistas.usal.es/index.php/0210-749X>.

Un acercamiento general a la época, a la generación del 98 y a Unamuno podrá hacerse con manuales asequibles como *Historia mínima de la literatura española*, de José-Carlos Mainer (Turner, 2014), *Breve historia de la literatura española*, de Carlos Alvar, José-Carlos Mainer y Rosa Navarro (Alianza, 2014) o el también llamado *Breve historia de la literatura española*, de Alberto de Frutos Dávalos (Nowtilus, 2016). Existen otros más clásicos, pero hoy menos accesibles, como la excelente *Historia y crítica de la literatura española*, coordinada por Francisco Rico (Crítica, 1979); la *Historia social de la literatura española*, de Carlos Blanco Aguinaga, Julio Rodríguez Puértolas e Iris M. Zabala (Castalia, 1978; Akal, 2000), *La novela española contemporánea (1898 - 1927)*, de Eugenio G. Nora (Gredos, 1973) o *La edad de plata (1902 - 1939)*, del citado Mainer (Cátedra, 2009).

Para los lectores más adultos que deseen profundizar, los clásicos de obligada cita entre los estudios unamunianos son *Miguel de Unamuno*, de Julián Marías (Espasa-Calpe, 1943); *El Unamuno contemplativo*, de Carlos Blanco Aguinaga (Laia, 1975); o *Unamuno, narrador* de Robert L. Nicholas (Castalia, 1987). Más recientes, y portadores de nueva luz sobre el autor, son *Miguel de Unamuno* de Jon Juaristi (Taurus, 2012); *Miguel de Unamu-*

no (1864-1936), de Jean-Claude y Colette Rabaté (Galaxia Gutenberg, 2019) y, de los mismos autores, *En el torbellino: Unamuno en la Guerra Civil* (Marcial Pons, 2018). En 2015 Debolsillo reeditó el *Unamuno* de María Zambrano, que, escrito a comienzos de los años cuarenta en el exilio en Cuba de la autora, constituye el primer acercamiento a Unamuno tras su muerte.

Pero lo que nos importa es que nuestros alumnos lean y se conviertan en lectores gustosos y críticos. No tienen la obligación de acercarse a estos recursos bibliográficos, pero nosotros sí debemos invitarles a leer las otras novelas de Miguel de Unamuno; por ejemplo, pueden continuar con *Niebla*, *Abel Sánchez* y *La tía Tula*, agrupadas en 2019 por Debolsillo bajo el título de *Novelas poco ejemplares*.

Apéndice

Prólogo de Unamuno a *San Manuel Bueno, mártir*

[A continuación se reproducen los párrafos referidos a *San Manuel Bueno, mártir* del prólogo escrito por Unamuno para su segunda edición, en el volumen titulado *San Manuel Bueno, mártir, y tres historias más*, que se completaba con las narraciones *La novela de don Sandalio, jugador de ajedrez*, *Un pobre hombre rico* y *Una historia de amor* (Madrid, Espasa-Calpe, 1933)].

En *La Nación*, de Buenos Aires, y algo más tarde en *El Sol*, de Madrid, número del 3 de diciembre de 1931, Gregorio Marañón publicó un artículo sobre mi *San Manuel Bueno, mártir*, asegurando que ella, esta novelita, ha de ser una de mis obras más leídas y gustadas en adelante como una de las más características de mi producción toda novelesca. Y quien dice novelesca —agrego yo—, dice filosófica y teológica. Y así como él pienso yo, que tengo la conciencia de haber puesto en ella todo mi sentimiento trágico de la vida cotidiana.

Luego hacía Marañón unas brevísimas consideraciones sobre la desnudez de la parte puramente material en mis relatos. Y es que creo que dando el espíritu de la carne, del hueso, de la roca, del agua, de la nube, de todo lo demás visible, se da la verdadera e íntima realidad, dejándole al lector que la revista en su fantasía.

Es la ventaja que lleva el teatro. Como mi novela *Nada menos que todo un hombre*, escenificada luego por Julio de Hoyos bajo el título de *Todo un hombre*, la escribí ya en vista del tablado teatral, me ahorré todas aquellas descripciones del físico de los personajes, de los aposentos y de los paisajes, que deben quedar al cuidado de actores, escenógrafos y tramoyistas. Lo que no quiere decir, ¡claro está!, que los personajes de la novela o del drama escrito no sean tan de carne y hueso como los actores mismos, y que el ámbito de su acción no sea tan natural y tan concreto y tan real como la decoración de un escenario.

Escenario hay en *San Manuel Bueno, mártir*, sugerido por el maravilloso y tan sugestivo lago de San Martín de Castañeda, en Sanabria, al pie de las ruinas de un convento de Bernardos y donde vive la leyenda de una ciudad, Valverde de Lucerna, que yace en el fondo de las aguas del lago. Y voy a estampar aquí dos poesías que escribí a raíz de haber visitado por primera vez ese lago el día primero de junio de 1930. La primera dice:

San Martín de Castañeda,
espejo de soledades,
el lago recoge edades
de antes del hombre y se queda
soñando en la santa calma
del cielo de las alturas,
la que se sume en honduras
de anegarse, ¡pobre! el alma...
Men Rodríguez, aguilucho
de Sanabria, el ala rota,
ya el cotarro no alborota
para cobrarse el conducho.

Campanario sumergido
de Valverde de Lucerna,
toque de agonía eterna
bajo el caudal del olvido.
La historia paró; al sendero
de San Bernardo la vida
retorna, y todo se olvida,
lo que no fuera primero.

Y la segunda, ya de rima más artificiosa, decía y dice así:

Ay Valverde de Lucerna,
hez del lago de Sanabria,
no hay leyenda que dé cabria
de sacarte a luz moderna.

Se queja en vano tu bronce
en la noche de San Juan,
tus hornos dieron su pan
la historia se está en su gonce.
Servir de pasto a las truchas
es, aun muerto, amargo trago;
se muere Riba de Lago,
orilla de nuestras luchas.

En efecto, la trágica y miserabilísima aldea de Riba de Lago, a la orilla del de San Martín de Castañeda, agoniza y cabe decir que se está muriendo. Es de una desolación tan grande como la de las alquerías, ya famosas, de Las Hurdes. En aquellos pobrísimos tugurios, casuchas de armazón de madera recubierto de adobes y barro, se hacina un pueblo al que ni le es permitido pescar las ricas truchas en que abunda el lago y sobre las que una supuesta señora creía haber heredado el monopolio que tenían los monjes bernardos de San Martín de Castañeda.

Esta otra aldea, la de San Martín de Castañeda, con las ruinas del humilde monasterio, agoniza también junto al lago, algo elevada sobre su orilla. Pero ni Riba de Lago, ni San Martín de Castañeda, ni Galende, el otro pobladillo más cercano al lago de Sanabria —éste otro mejor acomodado—, ninguno de los tres puede ser ni fue el modelo de mi Valverde de Lucerna. El escenario de la obra de mi Don Manuel Bueno y de Angelina y Lázaro Carballino supone un desarrollo mayor de vida pública, por pobre y humilde que ésta sea, que la vida de esas pobrísimas y humildísimas aldeas. Lo que no quiere decir, ¡claro está!, que yo suponga que en éstas no haya habido y aún haya vidas individuales muy íntimas e intensas, ni tragedias de conciencia.

Y en cuanto al fondo de la tragedia de los tres protagonistas de mi novelita, no creo poder ni deber agregar nada al relato mismo de ella. Ni siquiera he querido añadirle algo que recordé después de haberlo compuesto —y casi de un solo tirón—, y es que al preguntarle en París una dama acongojada de escrúpulos religiosos a un famoso y muy agudo abate si creía en el infierno y responderle éste: «Señora, soy sacerdote de la Santa Iglesia Católica Apostólica Romana, y usted sabe que en ésta la existencia del infierno es verdad dogmática o de fe», la dama insistió en: «Pero usted, monseñor, ¿cree en ello?», y el abate, por fin: «Pero ¿por qué se preocupa usted tanto, señora, de si hay o no infierno, si no hay nadie en él...?». No sabemos que la dama le añadiera esta otra pregunta: «Y en el cielo, ¿hay alguien?».

Y ahora, tratando de narrar la oscura y dolorosa congoja cotidiana que atormenta al espíritu de la carne y al espíritu del hueso de hombres y mujeres de carne y hueso espirituales, ¿iba a entretenerme en la tan hacedera tarea de describir revestimientos pasajeros y de puro viso? Aquí lo de Francisco Manuel de Melo en su *Historia de los movimientos, separación y guerra de Cataluña en tiempo de Felipe IV y política militar*, donde dice: «He deseado mostrar sus ánimos, no los vestidos de seda, lana y pieles, sobre que tanto se desveló un historiador grande de estos años, estimado en el mundo». Y el colosal Tucídides, dechado de historiadores, desdeñando esos realismos, aseguraba haber querido escribir «una cosa para siempre, más que una pieza de certamen que se oiga de momento». ¡Para siempre!

MIGUEL DE UNAMUNO

Índice de contenidos

Propósito de esta edición 11
Introducción 15
El cambio de siglo y la crisis universal de valores 15
La España del desastre 21
La novela a comienzos del siglo xx 29
Unamuno y su obra 35
San Manuel Bueno, mártir 42

San Manuel Bueno, mártir 51

Guía didáctica 115
Antes de la lectura 118
La España rural 118
La novela de sacerdote 119
Autores menores del 98 120
Durante la lectura 121
Técnica narrativa 121
Simbología 123

Construcción y estilo 123
Comprensión y reflexión 124
Después de la lectura. 125
Recursos electrónicos y bibliografía 129

Apéndice. Prólogo de Unamuno
a *San Manuel Bueno, mártir*. 133

«Para viajar lejos no hay mejor nave que un libro».

EMILY DICKINSON

Gracias por tu lectura de este libro.

En **penguinlibros.club** encontrarás las mejores recomendaciones de lectura.

Únete a nuestra comunidad y viaja con nosotros.

penguinlibros.club

Penguin Random House Grupo Editorial

penguinlibros